RUTH KLÜGER

GEGENWIND

Gedichte und Interpretationen

Paul Zsolnay Verlag

Mit freundlicher Unterstützung
der Kulturabteilung der Stadt Wien

1. Auflage 2018

ISBN 978-3-552-05882-8

Satz: Eva Kaltenbrunner-Dorfinger, Wien
Autorenfoto: © Zsolnay Verlag/Margit Marnul
Umschlag: Anzinger und Rasp, München
Druck und Bindung: CPI books GmbH, Leck
Printed in Germany

FSC
www.fsc.org
MIX
Papier aus verantwortungsvollen Quellen
FSC® C083411

VORWORT

Gedichte (auch die todernsten!) sind eine spielerische Gattung von Sprachexperimenten, die zwischen realistischer Weltbeschreibung und wortloser Musik akrobatische Kunststücke aufführen. Die Musik besticht, der Inhalt will belehren. Das reimt sich nicht immer zusammen, auch dort, wenn und wo gereimt wird. Gedichte sagen etwas aus, aber sie sind zu kompakt, um das Ausgesagte auch noch zu erklären. Denn ein Gedicht ist entweder ein Rätsel oder ein Geheimnis. Der Unterschied zwischen diesen beiden verwandten Möglichkeiten ist der, dass ein Rätsel gelöst werden kann, während ein Geheimnis immer etwas Verborgenes zurückhält und uns im Unklaren belässt. Ein gutes Beispiel für Letzteres ist das Gedicht von Ilse Aichinger über den Glauben, der so intim mit dem Zweifel verwandt ist (S. 47). Oder das von Hebbel, in dem aus einem verhinderten Unfall eine unheimliche Beschwörung alter Mythen entsteht (S. 17). Ein gedichtetes Rätsel hingegen hat einiges gemeinsam mit einem Kreuzworträtsel, bei dem wir den verschlüsselten Hinweisen langsam auf die Schliche kommen, aber dann doch am Ende mit kleinen weißen Quadraten steckenbleiben, nämlich da, wo die Rätsellöserin nicht weiterwusste. Im Gedicht sind das die Stellen, die man nicht versteht. In der Prosa kommen viel eher die notwendigen Ergänzungen hinzu. Im Gedicht will man sie oft gar nicht. Etwa in Kurt Tucholskys Gedicht über die Todesangst, aus dem nicht zu ermitteln ist, ob der Mut, ausgedrückt in humorvollen Bildern, siegt oder doch die Verzweiflung und die Angst die Oberhand behalten. Ein Schwebezustand, bei dem wir, als Leser, gerne auf die letzte Lösung verzichten (S. 38).

Solche Gegensätze sind wohl ein Grund, warum keine zwei Leser dasselbe Gedicht lesen. Sie lesen nur denselben Text. Und so hat jeder Interpret eines Gedichts mit mehr Widerstand seiner Lesart zu rechnen, als wenn es sich um Prosa handelte, die von der Gattung her zugänglicher ist. Und doch ist gerade dieser Widerstand anregend, denn er fördert das Gespräch, das die Lyrik braucht, um brauchbar zu bleiben. Diesen Widerstand nenne ich einen Gegenwind zum Gedicht selbst. Daraus entstehen Kommentare, in denen sich die Prosa einmischt, um dem Gedicht zu dienen.

Die *Frankfurter Anthologie*, in der die Gedichtinterpretationen im vorliegenden Band zuerst erschienen, veröffentlicht seit vierzig Jahren in der *Frankfurter Allgemeinen Zeitung* jeden Samstag ein Gedicht mit einer kurzen Interpretation, alte und neue Gedichte, besprochen von alten und neuen Interpreten für ein zunehmendes und scheinbar nicht müde werdendes Publikum. Die Beiträge sind schnell zu lesen, intuitiv und nicht akademisch, ein Happen auf dem Weg von den politischen zu den finanziellen Nachrichten, das heißt, sie stehen mitten im Leben, und man kann den ganzen Tag und darüber hinaus davon zehren, ohne viel Zeit zu verlieren. Manchmal ist man verblüfft, wie anders ein Gedicht, das man zu kennen und zu verstehen meinte, eine andere Leserin berührt, man widerspricht dem Kommentar oder nickt in Zustimmung oder fühlt sich bereichert um einen neuen Gedanken. Man lernt neue Gedichte kennen. Man ruminiert, sagt vielleicht das Gelesene halb auswendig vor sich hin, um es auszukosten, wenn man allein ist, oder man redet mit Freunden und Kollegen darüber, das Gedicht macht die Runde, wie ein guter Wein.

Der Gründer der Anthologie, Marcel Reich-Ranicki, beschränkte die Auswahl auf ausschließlich deutsche Gedichte. Seit seinem Tod ist eine weitere Dimension hinzugekommen, nämlich fremdsprachige Verse in Übersetzung, also ein Schritt in die Weltliteratur. Das öffnet Türen zu neuen Gedankengängen, doch es konfrontiert uns auch mit neuen Schwierigkeiten, denn im Grunde kann man ein Gedicht gar nicht übersetzen. Man kann nur seinen oberflächlichen Inhalt wiedergeben und bestenfalls einen Geschmack seiner poetischen Eigenart andeuten. Und doch liegt der Reiz des Übersetzens gerade in der von vornherein eingesehenen Unmöglichkeit, dem Gedicht gerecht zu werden: etwas versuchen, was nicht gelingen kann. Wobei dann doch paradoxerweise etwas Eigenständiges entsteht, nämlich Einsicht in die Abhängigkeit und Verwandtschaft der Sprachen und Literaturen voneinander, eine Vermittlung und dadurch eine Annäherung ohne Vereinnahmung. Man denke zum Beispiel an das Brecht-Zitat im Gedicht von Adrienne Rich (S. 100). Richs Gedicht ist selbständig, aber die Dichterin stützt sich auf des deutschen Dichters Dilemma, zwischen Ästhetik und Aktivismus wählen zu müssen, und zeigt, wie der eine Weg zum anderen führt und die Länder und Sprachen in dieser Diskussion über Dichtung vereint.

Am besten, man setzt Original und Übersetzung nebeneinander, was dem Leser eine sofortige Übersicht und Einblick in die kritische Auseinandersetzung gewährt. Am Anfang meiner Kommentare kommt zunächst, wenn nötig, eine knappe Auskunft über den Dichter, nur gerade so viel, als für dieses bestimmte Gedicht notwendig ist. Denn es geht ja um die Dichtung, nicht um Literaturgeschichte. Der Reiz der Anthologie ist gerade die Kürze sowohl des Gedichts wie der Interpretationen. Reich-Ranickis noch immer geltender Maßstab und Vorschrift für die Maximallänge des Textes war Goethes Gedicht »Grenzen der Menschheit«, also höchstens 42 Verse und dann etwa zwei Seiten Kommentar.

Ich werde manchmal gefragt, wie ich mir die Gedichte aussuche, die ich interpretiere, die deutschen sowohl wie die aus dem Englischen, meiner Zweitsprache, übersetzten. Die Antwort ist, ich suche sie gar nicht aus, sondern sie sind mir sozusagen zugelaufen wie streunende Katzen, aus einer ganzen Menagerie von Versen, die mir im Kopf spuken oder mich aus Büchern, Liedern oder dem mündlichen Gemeingut anspringen, wie etwa die von Emma Lazarus auf der Freiheitsstatue verewigten Verse (S. 78), oder sogar aus der Zeitung, wie Jane Hirshfields Aufruf zum Kampf gegen den Klimawandel und die Verschmutzung unseres Planeten (S. 104). Manche habe ich lange mit mir herumgetragen, wie etwa Chamissos Heimweh, das er in einer Fremdsprache wiederaufleben ließ, die ihn zum Europäer stempelte, der in kein Land gehörte, weil kein Land ihm gehörte (S. 13). Ich habe sie mir einzeln vorgenommen, weil sie mich einzeln entzückten oder herausforderten, ohne an ihre eventuellen Gemeinsamkeiten zu denken. Obwohl meine Auswahl also auf keinem Plan oder Muster beruht, fällt mir auf, wie oft sie zwischen Außen- und Innenwelt wie die Seiltänzer balancieren. Immer wieder interessieren mich Zusammenhänge zwischen Politik und Poesie, wie in dem eben erwähnten Gedicht von Adrienne Rich oder in dem feinen psychologischen Porträt eines Mitläufers in Heinrich Deterings »Becher« (S. 57) oder in Rilkes unerwartet politischem Sonett über die Todesstrafe in seinen (ausgerechnet!) *Sonetten an Orpheus*, in dem er davor warnt, die Abschaffung von Folter und Todesstrafe als humane Errungenschaft zu überschätzen, und stattdessen »gesteigerte Herzen« fordert (S. 27). Diese merkwürdige Forderung ist beim Nachdenken gar nicht so sentimental, wie sie zuerst klingen mag. Weibliche Traumata tauchen in Grünbeins Gedicht über Vergewaltigung (S. 50) und in Anne Sextons über eine illegale Abtreibung (S. 94) auf und erinnern uns daran, dass solche Erfahrungen, obwohl ganz gewöhnliche Vorkommnisse in der Gesellschaft, in der Lyrik bis vor kurzem praktisch tabu waren und es weitgehend noch immer sind. Bei Grünbein ist der alte, erinnerte Schrecken eingebettet in eine poetisch/sprachliche Tradition, die in der harmlosen und so deutschen Silbe »ach« aufscheint. Manche wieder ergänzen einander in überraschender Weise, wie zum Beispiel der Optimismus über eine Zukunft ohne Rassenvorurteile in Langston Hughes' »Auch ich« (S. 89) und dagegen die musikalisch ansteigenden Hetzereien gegen eine eingewanderte Eigenbrötlerin in Georg Kreislers gruseligem Lied »Die Hexe« (S. 42); oder Stephen Cranes und Hermann Hesses pazifistische Gedichte (S. 83 & S. 35), das eine über die Toten und ihre Hinterbliebenen, das andere über Menschen, die sich von der Kriegserfahrung nie erholen konnten. Anders gesagt, das Nebeneinander dieser Gedichte ganz verschiedener Herkunft ergibt oft ein Miteinander von »Aha«-Momenten.

Die weitverbreitete Meinung, Lyrik sterbe aus, basiert auf Statistiken, die der Sache nicht gerecht werden. Wenn Lyrikbände nicht den Umsatz von Krimis haben, so kommt das daher, dass Krimis Wegwerfware sind. Dagegen sind Lyrikbände eine Art Dauerware. Goethe wird öfter aus dem Schrank geholt als ein vergilbter Agatha-Christie-Roman, wenn man einen solchen nach erstem Lesen überhaupt noch besitzt. Fast jeder von uns hat ein Lieblingsgedicht, und jeder kann irgendwelche Gedichtzeilen zitieren, mit der Prosa versucht man es meistens erst gar nicht. Die Klage über den Verfall der Lyrik wurde erst kürzlich widerlegt durch die Verleihung des Literaturnobelpreises an einen berühmten Liedermacher für seine Texte, also seine Gedichte. Lyrik lebt, die *Frankfurter Anthologie* ist ein Beweis.

DEUTSCHSPRACHIGE GEDICHTE

ADELBERT VON CHAMISSO

Das Schloß Boncourt

Ich träum als Kind mich zurücke,
Und schüttle mein greises Haupt;
Wie sucht ihr mich heim, ihr Bilder,
Die lang ich vergessen geglaubt?

Hoch ragt aus schatt'gen Gehegen
Ein schimmerndes Schloß hervor,
Ich kenne die Türme, die Zinnen,
Die steinerne Brücke, das Tor.

Es schauen vom Wappenschilde
Die Löwen so traulich mich an,
Ich grüße die alten Bekannten,
Und eile den Burghof hinan.

Dort liegt die Sphinx am Brunnen,
Dort grünt der Feigenbaum,
Dort, hinter diesen Fenstern,
Verträumt ich den ersten Traum.

Ich tret in die Burgkapelle
Und suche des Ahnherrn Grab,
Dort ist's, dort hängt vom Pfeiler
Das alte Gewaffen herab.

Noch lesen umflort die Augen
Die Züge der Inschrift nicht,
Wie hell durch die bunten Scheiben
Das Licht darüber auch bricht.

So stehst du, o Schloß meiner Väter,
Mir treu und fest in dem Sinn,
Und bist von der Erde verschwunden,
Der Pflug geht über dich hin.

Sei fruchtbar, o teurer Boden,
Ich segne dich mild und gerührt,
Und segn' ihn zwiefach, wer immer
Den Pflug nun über dich führt.

Ich aber will auf mich raffen,
Mein Saitenspiel in der Hand,
Die Weiten der Erde durchschweifen,
Und singen von Land zu Land.

Exilant in deutscher Sprache

Er war wohl der erste Lyriker, der in der Fremdsprache Deutsch über sein Außenseitertum dichtete. Er hat diesem Außenseitertum eine Gestalt gegeben, die er Peter Schlemihl nannte – nach dem jiddischen Ausdruck für Pechvogel; also ein doppeltes Außenseiterschicksal. Die Erzählung ging in den Literaturkanon ein. Schlemihls verlorener Schatten kann auf vielerlei Art gedeutet werden, darunter ist auch der Verlust der Heimat, wie in dem zerstörten Kindheitsort unseres Gedichts.

Chamisso, der auch Louis und Adélaide hieß, woraus später Ludwig und Adelbert wurde, stammte aus einer adeligen, vielköpfigen Familie in der Champagne – das Schloss hatte wirklich den paradiesischen Namen Boncourt. Als Adelbert gerade elf Jahre alt war, musste die Familie vor der Revolution fliehen. Obwohl er sich in Deutschland nie ganz zu Hause fühlte, entschloss sich der Dichter, nicht nach Frankreich zurückzukehren, als es unter Napoleon wieder möglich war. In Deutschland wurde er Schriftsteller, Botaniker, ein angesehener Naturforscher und Weltumsegler, als der er sich auch in den letzten Versen unseres Gedichts zu erkennen gibt. Als Lyriker war Chamisso noch bis ins 20. Jahrhundert populär, im 21. kaum noch. Doch manche seiner Verse sollten uns auch heute noch ansprechen.

Im Gegensatz zu den üblichen emotionsgeladenen Nostalgiegedichten, waltet in »Schloß Boncourt« die präzise Beobachtungsgabe des Naturwissenschaftlers. Das geträumte Kind stürmt fröhlich an den »traulichen« Löwen im Wappenschild vorbei – alte Bekannte sind ihm das ja –, sucht das Fenster, hinter dem einmal sein Kinderzimmer lag, erkennt Sphinx und Feigenbaum und findet in der Kapelle ein altes Grab. Diese Genauigkeit der aufgezählten Einzelheiten erfährt einen Höhepunkt, als doch endlich die Trauer überhandnimmt, in den »umflorten« Augen, das heißt den Tränen, die optisch präzise das Lesen der Inschrift auf dem Grabstein, bei heller Sonne durch bunte Scheiben gefiltert, erschweren.

Entgegen diesen fast fotografischen Details stehen dann leider die eher verschwommenen metaphorischen Bilder vom greisen wandernden Sänger mit seinem Saitenspiel in der letzten Strophe. (Der Autor war 1827, als das Gedicht erschien, gerade 46 Jahre alt!) Das rührselig stilisierte »lyrische Ich« kommt dem autobiografischen so sehr in die Quere, dass es uns das Gedicht beinahe verdirbt. Beinahe, aber dann doch nicht.

Denn das, was »Das Schloß Boncourt« so sympathisch macht, ist die unerwartete Versöhnlichkeit der siebten und achten Strophe. Nachdem der Dichter das Schloss in Worten entstehen ließ, kommt als Schock der Satz: »Und bist von der Erde verschwunden / Der Pflug geht über dich hin.« Was wir bis jetzt gelesen haben, war also nicht nur eine Suche nach der verlorenen Zeit eines Einzelnen, sondern nach den gebauten Strukturen einer Gesellschaft, die es nicht mehr gibt, die nur im Gedächtnis »fest und treu« geblieben sind. Und dann der zweite Schock: Der Vertriebene segnet die Erde, auf der das Elternhaus einmal stand, mit einem »zwiefachen« Segen, der den einfachen Mann mit einschließt, der das Land nun pflügt und der eigentlich ein Widersacher sein könnte.

Die segnende Hand ist eine ausgestreckte Hand, die zum Frieden nach Kriegen und Revolutionen einlädt und den Einzelnen – den Dichter wie den Bauern – in sein Einzelleben entlässt. Man hat Chamisso als den ersten Europäer bezeichnet, und unser Gedicht bestätigt den Ehrentitel.

FRIEDRICH HEBBEL

Das Kind am Brunnen

Frau Amme, Frau Amme, das Kind ist erwacht!
Doch die liegt ruhig im Schlafe.
Die Vöglein zwitschern, die Sonne lacht,
Am Hügel weiden die Schafe.

Frau Amme, Frau Amme, das Kind steht auf,
Es wagt sich weiter und weiter!
Hinab zum Brunnen nimmt es den Lauf,
Da stehen Blumen und Kräuter.

Frau Amme, Frau Amme, der Brunnen ist tief!
Sie schläft, als läge sie drinnen.
Das Kind läuft schnell, wie es noch nie lief,
Die Blumen locken's von hinnen.

Nun steht es am Brunnen, nun ist es am Ziel,
Nun pflückt es die Blumen sich munter;
Doch bald ermüdet das reizende Spiel,
Da schaut's in die Tiefe hinunter.

Und unten erblickt es ein holdes Gesicht,
Mit Augen, so hell und so süße.
Es ist sein eignes, das weiß es noch nicht,
Viel stumme, freundliche Grüße!

Das Kindlein winkt, der Schatten geschwind
Winkt aus der Tiefe ihm wieder.
Herauf! Herauf! so meint's das Kind;
Der Schatten: Hernieder! Hernieder!

Schon beugt es sich über den Brunnenrand.
Frau Amme, du schläfst noch immer!
Da fallen die Blumen ihm aus der Hand
Und trüben den lockenden Schimmer.

Verschwunden ist sie, die süße Gestalt,
Verschluckt von der hüpfenden Welle;
Das Kind durchschauert's fremd und kalt,
Und schnell enteilt es der Stelle.

Der gerettete Narziss

»Das Kind am Brunnen« ist ein Gedicht, das einmal in vielen Schulbüchern und Anthologien zu finden war, wahrscheinlich, weil es so harmlos ist, und das heute kaum noch jemand kennt – wohl aus demselben Grund.

Eine Frau, die sich um ein kleines schlafendes Kind kümmern soll, schläft selber ein und merkt nicht, dass das Kind aufgewacht und weggelaufen ist, um Blumen zu pflücken. Das Kind ist nicht ihr eigenes, die Frau ist ausdrücklich nicht die Mutter, denn eine Mutter, die ihr Kind vernachlässigt, wäre ein anderes Thema. Wir kennen weder das Alter noch das Geschlecht des Kindes. Er/sie bleibt ein »es«, sozusagen ein Kind an sich, allerdings ein recht hübsches, ein »holdes«, mit hellen, »süßen Augen«, die zur Gefahr des Ertrinkens verleiten. Rechtzeitig fallen Blumen ins Brunnenwasser und verhindern die Katastrophe. Ein erzählendes Gedicht, in dem fast nichts geschieht. Ein harmloser Ausrutscher in der Kinderbetreuung, ohne Folgen. Ein Unfall droht und wird vermieden, das ist alles.

Aber diese Harmlosigkeit hat ihre Tücken. Das ist uraltes Sagengut, die Legende vom Narziss, der an seinem eigenen Spiegelbild im Wasser zugrunde geht, wie sie uns in verschiedenen Versionen erhalten ist. Die wohl bekannteste berichtet, dass sich ein schöner Jüngling in sein Spiegelbild verliebt, ohne zu erkennen, dass es sein eigenes ist, sich mit diesem anderen Ich vereinigen will und bei dem Versuch ertrinkt. In einer anderen Version weiß er sehr wohl, wen er da sieht, und verzweifelt, weil das eigene Ich kein Liebesobjekt sein kann. In einer dritten bewundert er sein Spiegelbild oft und gerne, aber als einmal ein Blatt ins Wasser fällt und das Bild stört, meint er, er sei hässlich, und stirbt aus Kummer. Immer ist Narziss die Verkörperung der Eigenliebe, die nicht ihrem eigentlichen Zweck dient – nämlich der Selbsterhaltung –, sondern in Selbstzerstörung mündet. Alle haben die gefährliche Anziehungskraft des Wassers gemeinsam, ein Element, das zum Selbstmord einlädt, wobei uns in der Lyrik als Erstes wohl Goethes »Der Fischer« einfällt.

Ein Echo all dieser Variationen schwingt in unserem Gedicht mit. »Das Kind am Brunnen« ist sicher die bürgerlichste Version; wenn man böse sein will, kann man auch sagen, die verniedlichteste. Aber Achtung:

Der Dichter fällt nicht auf die latente Sentimentalität herein, die er selbst heraufbeschworen hat. Das gelingt ihm durch die Einführung zweier Nebenpersonen. Die eine ist die in ihrer Unverlässlichkeit leicht komisch wirkende Amme, die andere der warnende Beobachter, durch dessen Stimme die Handlung in Bewegung kommt. Er will die Amme wecken, aber das kann er nicht, weil er ja im Gedicht nicht auftritt, sondern nur ins Gedicht hineinruft, eine recht moderne Verquickung von zwei Erzählebenen, die zur humorvollen Frustration führt. Seine Ungehaltenheit steigert sich bis zur Empörung: Die Amme schläft, als läge sie »drinnen« – nämlich im Brunnen (Vers 10). In den ersten drei Strophen spielt er alle Register durch, um die Pflichtvergessene aus seiner Zuschauerperspektive zu erreichen, er rauft sich sozusagen die Haare.

Danach verstummt er, und auch die Amme verschwindet aus unserem Blickfeld. Der kleine Narzissus ist allein mit seinem gefährdeten Dasein. Wie jung er ist, wird nochmals klar in der heiteren, kinderpsychologisch anschaulichen Szene der einander zuwinkenden Gestalten (Strophe 6), die sich gegenseitig begrüßen, die eine lebendig, die andere virtuell, wie wir heute sagen würden. Diese Heiterkeit wird jedoch ihrerseits aufgewogen durch den fremden, kalten Schauer im vorletzten Vers, eine erste Todesahnung in der Kinderseele, die auf die tragischeren Versionen der Narziss-Legende hinweist.

Die Literatur des 19. Jahrhunderts versucht immer wieder, besonders in der Prosa, die überlieferten Mythen auf den neuen, bürgerlichen Nenner zu bringen. Hier schafft es der Lyriker Hebbel im einfach strukturierten, gereimten Gedicht, die alte Sage zu verbiedermeiern, einzugemeinden, den monomanen Helden zum behüteten Kleinkind seiner Zeit umzubilden und schließlich, Narziss zu retten.

GOTTFRIED KELLER

Tagelied

Du willst dich freventlich emanzipieren
Und aufstehn wider mich mit keckem Sinn,
Ein rotes Mützlein und die Zügel führen,
Du schöne kleine Jakobinerin?

Zur Politik nun auch dein Wörtlein sagen,
Die Spindel meidend in den Ratsaal fliehn?
Wohl gar mit weißer Hand die Trommel schlagen,
Wann einst wir gegen die Tyrannen ziehn?

Berufest dich auf meine eignen Lehren
Von Freiheit, Gleichheit und von Menschenrecht?
O laß, mein Kind, mit Küssen dich bekehren,
Dies eine Mal errietest du mich schlecht!

Die Ketten all, von denen ich entbinden
Die Völker möchte, o Geliebte mein!
Als Blumenketten eng dir umzuwinden
Wird einzig nur mein Tun und Trachten sein.

Ich will dir einen festen Turm erbauen
Und drin ein Kämmerlein von Seide weich;
Da sollst du nur des Himmels Sterne schauen
Und mich, den Kerkermeister, froh und reich!

Nie laß ich dich dein langes Haar beschneiden,
Damit dein Denken um so kürzer sei;
So räch ich an dem Weibe Simsons Leiden
Und bleibe ungeschoren, stark und frei!

Solang die lieben Nachtigallen schlagen,
Leb ich in dir ein Stück Unendlichkeit;
Doch flieht die Nacht und wills auf Erden tagen,
Eil ich für dich und mich zum Kampf der Zeit.

Simsons Rache

»Tagelied« heißt die Gattung mittelalterlicher Gedichte, in denen der Sprecher beim Morgengrauen Abschied von der Geliebten nimmt, mit der er eine angenehme Nacht in ihrer Kammer verbracht hat. Mit und durch diesen Titel, und noch einmal in der letzten Strophe, kündet das Ich unseres Gedichts frohgemut, dass er die Gunst seiner Freundin voll genossen hat und sich als Sieger und Eroberer betrachtet.

Daher seine gönnerhafte Haltung, die sich in Verkleinerungen und Herablassung – das »Mützlein«, die »kleine« Jakobinerin, die weiße Hand an der Trommel, das unvermeidliche »mein Kind« für die offensichtlich geschlechtsreife Frau, und das Ausgehverbot – äußert. So weit die Verpackung. Die Substanz ist die Gleichberechtigung der Frau, die rundweg abgelehnt wird, obwohl sich der Sprecher den Lesern als Freiheits- und Gleichheitskämpfer vorstellt.

Der Reiz des Gedichts liegt in der merkwürdig zwiespältigen Haltung dieses Sprechers oder vielmehr seiner Worte, die er vielleicht selbst nicht durchschaut. Er betont geradezu, die Geliebte habe von ihm gelernt, was für eine gute Sache die Menschenrechte seien. Und er gibt auch gar keinen Grund an, warum sie diese Vorzüge, für die er kämpft, nicht auch genießen soll, außer eben, dass er es nicht wünscht. Obwohl nur er das Wort hat, so wirft diese Missgunst ein schiefes Licht auf ihn, das ein so nuancierter Dichter wie Gottfried Keller durch subtile Ironie noch herausstreicht, die Spannung zwischen den beiden betonend. Die Ironie ist von der ersten Zeile an gegeben: Emanzipation und Frevel passen schlecht zueinander; in der zweiten Strophe sollen anscheinend sogar die Tyrannen vor den Frauen beschirmt werden; in der dritten betont der Mann seine liberale Gesinnung, während er der Frau dieselbe verbietet. Und so weiter.

Eine ganze Reihe von weiblichen Gespenstergestalten geistert hinter den Zeilen dieses Gedichts. Da ist das Ewigweibliche in Idealform (»ein Stück Unendlichkeit«), Rapunzel im Turm mit den langen Haaren, vielleicht die Frauenrechtlerin Olympe de Gouges, die auf Anordnung von Robespierre hingerichtet wurde, aber vor allem Delila, die schöne Philisterin, die ihren Mann Simson, den *Superman* der Bibel, verriet, indem sie ihm im Schlaf die Haare schor, die seine magische Stärke ausmachten. Der Triumph des Mannes über die Frau ist also nicht so selbstverständlich, wie es der Sprecher möchte und wie es beim ersten, naiven Lesen erscheinen mag. Hilfsbedürftige Weiblichkeit spielt hier keine Rolle. Im Liebesspiel steckt der Geschlechterkrieg. Und der Mann fürchtet, in diesem Krieg zu verlieren. Denn die Kehrseite der Drohung ist die Angst.

Hinter den Schmeicheleien steht die Warnung: Wenn du aufmuckst, sollst du nichts anderes mehr sehen als die Sterne und mich, und zwar mich nicht nur als Liebhaber, sondern auch als Kerkermeister. Dass der Kerkermeister »froh und reich« ist, kann der Gefangenen nur ein Dorn im Auge sein. Er lässt die Katze aus dem Sack, wenn er für die »Blumenketten« in der Mitte des Gedichts die Versklavung der Völker zum Vergleich heranzieht. In einer früheren Version, genannt »Wächterlied«, stand sogar »Gefängnis« statt »Turm«.

Ausdrücklich identifiziert sich der Sprecher mit Simson und seinem Schicksal, das er »am Weibe« – egal welchem Weibe – rächen will. Haare sind Magie und stehen oft für den Inbegriff von Männlichkeit oder Weiblichkeit. Er muss »ungeschoren« bleiben, um stark zu sein. Doch nicht nur die Länge seiner eigenen Haare bestimmt er, sondern auch seiner Geliebten schreibt er eine Frisur vor, von der er hofft, sie werde ihr beim Denken hinderlich sein. Nur im letzten Vers behauptet er eindeutig (»für dich und mich«), es gut mit seiner Partnerin zu meinen. – Schade. Die vorausgegangenen Zweideutigkeiten sind ein aufschlussreicheres Zeugnis über die Anfänge der modernen Frauenbewegung im 19. Jahrhundert.

RAINER MARIA RILKE

Rühmt euch, ihr Richtenden

Rühmt euch, ihr Richtenden, nicht der entbehrlichen
  Folter
und daß das Eisen nicht länger an Hälsen sperrt.
Keins ist gesteigert, kein Herz – weil ein gewollter
Krampf der Milde es zarter verzerrt.

Was es durch Zeiten bekam, das schenkt das Schafott
wieder zurück, wie Kinder ihr Spielzeug vom vorig
alten Geburtstag. Ins reine, ins hohe, ins thorig
offene Herz träte er anders, der Gott

wirklicher Milde. Er käme gewaltig und griffe
strahlender um sich, wie Göttliche sind.
Mehr als ein Wind für die großen gesicherten Schiffe.

Weniger nicht, als die heimliche leise Gewahrung,
die uns im Innern schweigend gewinnt
wie ein still spielendes Kind aus unendlicher Paarung.

Das gesteigerte Herz

Die großen Dichter sind nur selten auch große Denker, obwohl es uns oft so vorkommt, weil sie das Stroh der Gemeinplätze in Gold verwandeln. Die anfängliche Aussage unseres Gedichts ist die konservative, wenn nicht reaktionäre Feststellung, dass man »vom grünen Tisch« oder durch Gesetzgebung die Menschen nicht ändern und schon gar nicht bessern kann. Hier etwa: Nur weil ihr die Folter und die Todesstrafe (das Schafott) abgeschafft habt, bildet ihr euch ein, ihr seid euren Vorfahren überlegen? Ha! Wie falsch! – Hat man Dutzende Male gehört. Ist in der Politik ein fast ausgedienter Zankapfel.

Doch wenn man dieses Gedicht aus dem Jahre 1922 liest, so kann man nicht umhin, dem Dichter auf Anhieb recht zu geben und mit Beschämung an die fast unvorstellbaren Grausamkeiten zu denken, die in den 96 Jahren, seit er es schrieb, verübt worden sind. Es stellt die Errungenschaften der Aufklärung, anhand der Abschaffung der Folter, in Frage. Dazu fällt uns nebenbei ein, dass weiterhin in vielen Gegenden der zivilisierten und der unzivilisierten Welt gefoltert und hingerichtet wurde und wird. Es bedarf jedoch gar nicht der Folter, sagt der Dichter mit der Ironie des Nichtüberzeugten, um die Unzulänglichkeit menschlichen Mitgefühls, das oft nur »ein gewollter Krampf der Milde«, eine »zarte Verzerrung« sei, nachzuweisen. »Keins ist gesteigert, kein Herz« ruft sein Gedicht – die gewöhnliche Satzstellung: »Kein Herz ist gesteigert« könnte gar nicht so, wie das hier nachgelieferte Subjekt, betonen, woran es bei dem, was wir Fortschritt nennen, hapert.

Es ist ein Thema, das für Jugendliche gesperrt sein sollte, und doch holt sich Rilke zweimal spielende Kinder als Metapher in einem fast erschreckenden Zusammenschweißen zweier Begriffe, die einander sonst fremd sind. Das erste Mal entledigt sich das Schafott, Symbol der alten Rückständigkeit, seiner verjährten Geburtstagsgeschenke, weil sie ausgedient haben. Nicht weil die »Richtenden« des ersten Verses zu einem höheren Bewusstsein gelangt seien, sondern einfach, weil die Zeiten sich geändert haben. Das Schafott langweilt sich. Wie die Kinder zwischen zwei Geburtstagen ist es älter geworden. Tortur steht nicht mehr auf dem Programm. Die Welt hat andere unliebsame Werkzeuge als die Instrumente der Inquisition.

Der Dichter W. H. Auden schrieb über Rilke, er sei »der Weihnachtsmann der Einsamkeit« (»the Santa Claus of loneliness«), ein Anwalt der Innerlichkeit und der Verwandlung der materiellen Welt ins Geistige. Rilkes wohl berühmtester Vers ist der letzte Satz über den Archaischen Torso Apollos, der lautet: »Du mußt dein Leben ändern«. Die gewünschte Wandlung erfolgt durch einen ästhetischen Durchbruch. Man könnte meinen, wer so dichtet, weiß nicht recht, was um ihn und im öffentlichen Leben vor sich geht, und will es auch nicht wissen. Das ist, wie wir sahen, ein Irrtum. In unserem Gedicht kommt die Änderung des Menschen durch einen Gott, der Gewalt und Milde vereinigt, der *mehr* ist als ein Wind, der die großen, durch die moderne Technik gesicherten Schiffe vorantreibt (gesichert? Ist das ironisch gemeint? War die *Titanic* nicht erst einige Jahre vorher untergegangen?). Ein Gott, der paradoxerweise »weniger nicht« als das Innenleben eines spielenden Kindes ist, also zum zweiten Mal unfertige, heranwachsende Menschen heraufbeschwört.

Angefangen mit dem Konjunktiv »er [der Gott] träte«, setzt Rilke dem von ihm angezweifelten äußeren Fortschritt einen schwierigen Gedanken entgegen, nämlich den einer fortschreitenden Genese, einer innerlichen Entwicklung, eines Umschwungs der Wahrnehmung, dessen Voraussetzung ein »thorig offene[s] Herz« sein müsste. Die Worte »unendliche Paarung« enthalten keine moralischen und eigentlich auch keine psychologischen, sondern eher entwicklungsgeschichtliche Überlegungen. Und so endet das Sonett nicht so sehr mit der anfangs angezweifelten Hoffnung auf »gesteigerte Herzen« als mit einer Umformulierung der alten Frage, wie die Menschheit aus ihren Sünden und Verbrechen heraus- und in eine reinere Zukunft hineinwachsen kann, im Bild immer neugeborener und ewig spielender Kinder.

FRANZ WERFEL

Elternlied

Kinder laufen fort.
Lang her kann's noch gar nicht sein,
Kamen sie zur Tür herein,
Saßen zwistiglich vereint
Alle um den Tisch.

Kinder laufen fort.
Und es ist schon lange her,
Schlechtes Zeugnis kommt nicht mehr.
Stunden Ärgers, Stunden schwer:
Scharlach, Diphterie!

Kinder laufen fort.
Söhne hängen Weibern an.
Töchter haben ihren Mann.
Briefe kommen, dann und wann,
Nur auf einen Sprung.

Kinder laufen fort.
Etwas nehmen sie doch mit.
Wir sind ärmer, sie sind quitt,
Und die Uhr geht Schritt für Schritt
Um den leeren Tisch.

Der verlassene Tisch

Schwere Kinderkrankheiten treten zwar nicht mehr so regelmäßig auf wie einstens, aber sonst hat das Gedicht nichts an Aktualität verloren: Und gerade die Erwähnung von Scharlach und Diphterie, die diese Kinder und ihre Eltern in einer vergangenen Epoche festnagelt, erinnert uns an das, was es schon immer gab. Schon immer gab es ein Haus voller Kinder, die einem Sorge machten, und dann waren sie fort, und das Nest war leer.

Das ist eine Binsenwahrheit. Daraus wird ein anspruchsloses Gedicht, das aber doch ein paar Überraschungen bereithält. So ist die gefühlsbeladene Erinnerung an die Zeit, als die Kinder zu Hause wohnten, unverlässlich. Ist es schon lange her, wie die zweite Strophe besagt, oder noch gar nicht lange, wie es in der ersten steht? Das misst kein Kalender. Das fühlt sich einmal so und dann wieder anders an. Dazu kommt der Riss in der dritten Strophe, wo die gebrochene Logik des Satzes die unbefriedigende Kommunikation zwischen Eltern und Kindern widerspiegelt: Briefe kommen ja nicht »auf einen Sprung«, das tun nur die Briefschreiber selber. »Dann und wann« bezieht sich daher sinngemäß, wenn auch nicht syntaktisch, auf beides, die seltenen Briefe und die kurzen Besuche. Wenn man die Briefe kriegt, möchte man die Kinder sehen, die aber Besseres, zumindest anderes zu tun haben. Die persönlichen und schriftlichen Kontakte verschmelzen im Pauschalbegriff: abwesende Kinder.

Der Familientisch ist der Ort der Begegnung, in der ersten wie in der letzten Strophe. Es fällt auf, dass er sich auf nichts reimt. Denn das Thema Verlust, das dieses Gedicht durchzieht, wird durch die vorenthaltenen Reime sinnfällig gemacht. In jeder der fünfzeiligen Strophen reimen sich die drei inneren Verse, und die beiden äußeren sind Waisen, das heißt partnerlos, ungereimt. »Kinder laufen fort« ist das vierfach wiederholte reimlose Lamento am Anfang jeder Strophe, während das Familienzentrum, der Esstisch, den Auftakt sowie das bekümmert-resignierte Ende des Gedichts bildet und das Zusammensein und Miteinander-Reden, beziehungsweise Streiten, reimlos darstellt.

Das kompakte Paradox »zwistiglich vereint« drückt aus, wie es innerhalb der Familie weniger darauf ankommt, ob man sich einig ist, als dass man überhaupt zusammensitzt und zusammengehört. Nicht Einigkeit und Zwist sind demnach Gegensätze, sondern Zusammensein und Zerstreuung. Die zwistigliche Einigkeit enthält somit eine weitere Wahrheit, eine weitere Binsenwahrheit, wenn man so will, über den Begriff Familie: nämlich dass das Gegenteil von Zusammengehörigkeit das Schweigen ist, die Leere der letzten Zeile.

Merkwürdigerweise treten die Eltern fast gar nicht in Erscheinung. Schwiegersöhne und Freundinnen schon, aber Vater und Mutter sind nur im Titel enthalten und in dem kläglichen Seufzer der letzten Strophe, wo sich ein »wir« meldet. Versteckt sind sie natürlich mit dabei, besonders in den Stunden des Ärgers – wegen der schlechten Noten – und den »schweren« Stunden – während der Krankheiten. Sie sollten ja erleichtert sein, dass das alles nun vorbei und sie endlich frei sind von den Verpflichtungen und Sorgen um die Brut, die sie aufgezogen haben, doch stattdessen kommt das Armuts- beziehungsweise Verlustbekenntnis: »Wir sind ärmer«. Dieser Ausruf führt direkt zu der Vergänglichkeitsmahnung der letzten beiden Verse, in denen der Tisch, Ort der Diskussionen und vermutlich der Familienmahlzeiten, ein Zifferblatt wird, denn Uhren gehen um keinen Tisch, aber die Zeiger einer Uhr könnten das wohl, als Bild und Gleichnis. Wie alle Uhren mahnen sie die Eltern an die Vergänglichkeit. Ärmer sind sie ja nur in dem Sinne, dass sie eine neue Einsamkeit bewältigen müssen. In dieser traurigen Einsicht liegt aber auch ihr Gegenteil, nämlich die Bejahung der vergangenen Beschwerlichkeiten: Es hat sich gelohnt, es war die viele Mühe wert und ist nicht zu teuer gewesen, sonst würde man die (undankbaren?) Nachkommen und ihre seltenen Besuche nicht so vermissen.

HERMANN HESSE

Ich weiß von solchen …

In manchen Seelen wohnt so tief die Kindheit,
Daß sie den Zauber niemals ganz durchbrechen;
Sie leben hin in traumgefüllter Blindheit
Und lernen nie des Tages Sprache sprechen.

Weh ihnen, wenn ein Unheil sie erschreckt
Und plötzlich hell zur Wirklichkeit erweckt!
Aus Traum gescheucht und kindlichem Vertrauen
Starren sie hilflos in des Lebens Grauen.

Ich weiß von solchen, die der Krieg erst weckte,
Da sie des Lebens Mitte überschritten,
Und die seither am Leben wie erschreckte
Traumwandler zitternd und geängstet litten.

Es scheint: in diesen Hoffnungslosen sucht
Die Menschheit ihrer blutgetränkten Erden,
Sucht ihrer Grausamkeit und Seelenflucht
Erschauernd und beschämt bewußt zu werden.

Ein unpoetisches Gedicht

Ich habe dieses Gedicht als Siebzehnjährige, in den späten vierziger Jahren, zum ersten Mal gelesen, und es hat mich seitdem nicht verlassen. »Das ist kein gutes Gedicht«, habe ich mir in den Jahrzehnten seither immer wieder gesagt, das wusste ich auch damals schon, aber da ich es immer noch nicht losgeworden bin, meine ich, es ist auf seine Weise doch ein gutes Gedicht. Nicht weil es poetisch so gelungen wäre, das ist es ja gerade nicht, sondern, fast möchte ich sagen, im Gegenteil, weil ihm die poetischen Elemente, die ich sonst in der Lyrik bewundere, fehlen, weil es eben kein besonders »poetisches« Gedicht ist, dazu ist seine Aussage zu direkt und deutlich. Hesse bedient sich keiner Metaphern, was umso auffallender ist, da ihm ja sonst Vergleiche und anschauliche Beschreibungen so leicht aus der Feder flossen.

Das Gedicht bezieht sich auf den Ersten Weltkrieg, diesen Wendepunkt im Bewusstsein der westlichen Welt, hier festgehalten in seinen negativsten psychologischen Auswirkungen. Es spricht von der Generation, die etwa in den siebziger oder achtziger Jahren des 19. Jahrhunderts geboren wurde, und erklärt nicht, ob diese »Traumwandler« Veteranen sind, also vom Kriegsgeschehen direkt Traumatisierte, oder ob es sich bei ihnen »nur« um solche handelt, die mit der Erkenntnis, der Wahrnehmung der Schrecken, davongekommen waren. (Wahrscheinlich sowohl als auch.)

Die so oft ironisch zitierte Frage: »Was will der Dichter uns sagen?« wird in diesem Gedicht vehement beantwortet. Denn der Dichter hat etwas zu sagen, das er ohne Umschweife loswerden will, und zwar mit einer emotionalen Intensität, die sich bis zur kompromisslosen Wut der letzten Verse steigert. Er wirft alle ästhetischen Ansprüche über den Haufen, wählt das einfachste Reimschema für seine nach guter alter Sitte vierzeiligen Strophen, wiederholt sich hie und da und zieht auch in der Wortwahl so unverblümt, wie es irgend geht, zu Felde. In den ersten drei Strophen ist das Mitgefühl noch vorwiegend, doch in der letzten Strophe schlägt es um in Empörung, der Dichter regt sich schrankenlos auf. Dieser Ton ist so persönlich, dass eigentlich kein Zweifel besteht, dass der Verfasser selbst, nicht eine Persona, kein »lyrisches Ich«, hier seine Meinung kundtut.

Mich beeindruckte damals, dass ich solche durch den Krieg in ihren Grundtiefen geschädigte Menschen nach der zweiten Katastrophe selbst kennengelernt hatte und sie ein wenig verachtete, wie es im Gedicht in den Worten »hilflos«, »geängstet« und »diese Hoffnungslosen« zum Ausdruck kommt. Ich hatte mich ihnen überlegen gefühlt, weil ich voraussetzte, mit meiner, einer späteren Generation eigenen, selbstverständlichen Bekanntschaft von »Grausamkeit und Seelenflucht« auch besser in einer verwilderten Gegenwart zurechtzukommen und einen Preis dafür gezahlt zu haben.

Rilke, der zur selben Generation wie Hesse und seine »Traumwandler« gehörte, stellte in den *Sonetten an Orpheus* eine verwandte Frage: »Sind wir wirklich so ängstlich Zerbrechliche, / wie uns das Schicksal wahr machen will? / Ist die Kindheit, die tiefe versprechliche, / in den Wurzeln – später – still?« Er gab eine leicht verschleierte, mystifizierte und daher sehr schöne optimistische Antwort, nämlich dass die frühe Verwurzelung die Gewalt einer späteren Lebensepoche überwinden hilft. Rilke ist sicher der größere Lyriker, sein Sonett vibriert, während Hesse mit dem Hammer zuschlägt. Trotzdem steht dieses Sonett bei mir nur im Bücherschrank und ist schon ein wenig vergilbt, während das Hesse-Gedicht über die Wehrlosigkeit der ewig Kindlichen zu meiner inneren Bibliothek gehört und mir im Gedächtnis hängengeblieben ist. – Ein Gedicht muss anscheinend nicht immer ein Kunstwerk sein.

KURT TUCHOLSKY

Media In Vita

Die läuft rum, die mir die Augen zudrückt:
eine Krankenpflegerin.
Ordnet noch die Fläschchen auf dem Nachttisch,
wenn ich schon hinüber bin.
Leise kreuzt sie meine Hände überm Bauch.
Das ist ein Beruf wie andre auch.

Jeden Morgen, wenn ich mich rasiere,
denk ich in dem Glanz des Lampenscheins,
während ich mich voller Seife schmiere:
jetzt sinds nur noch x Mal minus eins.
Und da steh ich voller Schaum und Frömmigkeit,
und ich tu mir außerordentlich leid.

Da, wo sich die Parallelen
schneiden, fliege ich dann hin.
Ach, ich werde mir doch mächtig fehlen,
wenn ich einst gestorben bin.
Andern auch? Wer seine Augen aufmacht, sieht:
Sterben ist, wie wenn man einen Löffel aus dem
Kleister zieht.

Schaum und Frömmigkeit

Es ist eines von Tucholskys seltenen unpolitischen Gedichten und behandelt das, was alle Menschen verbindet, das Einzige, was uns allen ausnahmslos gelingt, und die damit verbundene Schwierigkeit, sich mit dem garantiert bevorstehenden Sterben auseinanderzusetzen und sich damit abzufinden.

Media vita in morte sumus. Mitten im Leben sind wir im Tod. Ein Spruch aus dem Mittelalter, der vor allem in Luthers Fassung (»Mitten wir im Leben sind / Mit dem Tod umfangen«) zum Gemeingut geworden ist. Tucholskys Gedicht ist keine Verunglimpfung, wohl aber eine (selbst)kritische und satirische Psychologisierung dieses berühmten Kirchenlieds oder vielmehr seines Themas, der Todesangst.

Die unerträgliche Vorstellung, dass andere uns überleben, dass die Welt auch ohne uns weitermacht, ist in der ersten Strophe in einer, dem Sprecher unbekannten, Person verkörpert: Keine liebevolle Verwandte, sondern eine beliebige Krankenschwester, die schon jetzt, weiß Gott wo, herumläuft, wird Ordnung machen, seine Leiche zurechtrücken, sodass sie brav im Bett liegt, mit gekreuzten Händen, wie es sich gehört. Ist eben auch ein Beruf, denkt er, und man denkt ein Achselzucken dazu und gleichzeitig einen Schauder: Mein Sterben ist Routinearbeit für sie. Wem werde ich fehlen?, fragt er in der dritten Strophe. Und gibt die sowohl ernüchternde wie erheiternde Antwort: »mir«, verstärkt durch das saloppe »mächtig«. Sein Minderwertigkeitsgefühl mündet in der kleinlauten Frage: »Andern auch?«, die ohne Antwort stehen bleibt.

Luthers Sprache ist vom Glauben und von der Verzweiflung durchtränkt, wenn er die Gemeinde, trotz Missetaten und dem Höllenrachen, zähneklappernd beten lässt: »Lass uns nicht versinken / In des bittern Todes Not.« Im spätmittelalterlichen Stück vom *Everyman* und seiner modernen Nachahmung durch Hugo von Hofmannsthal bricht der Tod in ein Gelage ein, wo das Leben Triumphe feiert. Tucholsky hingegen dichtet in einer anderen Stimmlage. Für uns Heutige heißt »mitten im Leben« die alltäglichen, nicht gerade aufregenden oder amüsanten Pflichten und Handgriffe in und an modernen Örtlichkeiten, die den Großteil unserer Zeit in Anspruch nehmen. Zum Beispiel im gut beleuchteten Badezimmer, wo man sich, Rasierapparat in der Hand, fragt, wie viele Male man sich noch die Haare aus dem Gesicht schaben wird. Das x in dieser Rechnung sind die Tage des Lebens, die noch verbleiben. Man weiß nicht, wie viele, nur, dass jeder Tag als ein »minus eins« zu verbuchen ist.

Rilke dichtete: »Der Tod ist groß. / Wir sind die Seinen / lachenden Munds. / Wenn wir uns mitten im Leben meinen, / Wagt er zu weinen / mitten in uns.« (»Schlußstück«). Tucholsky schildert, statt der Diskrepanz zwischen dem lachenden Leben und dem weinenden Tod, einen Kontrast zwischen »[Seifen-] Schaum und Frömmigkeit«, wobei sich unser, von existentieller Furcht geplagter, Mitbürger »außerordentlich leid« tut, übrigens mit einem Ausrutscher im Rhythmus (Vers 12), der die Angst poetisch verdeutlicht, als hätte sich der Sprecher mit dem Rasiermesser geschnitten.

So weit der Schaum. Wo bleibt die »Frömmigkeit«, womöglich die Hoffnung aufs Jenseits?

In der letzten Strophe probiert Tucholskys vermutlich ungläubiges Alter Ego den Flug in die Ewigkeit als den Ort, wo sich die Parallelen überschneiden, also ein Paradox und eine Unmöglichkeit. Nur in der Phantasie haben solche Vorstellungen ihren Platz, aber in der Phantasie derer, die sterben müssen, eben doch. Der abschließende Vers ist ein Aphorismus, der uns ins Irdische mit seinem Gesetz der Schwere zurückbringt, und verdinglicht den Übergang als einen dickflüssigen Brei, in dem das Leben wie ein Löffel steckt, den irgendwer mühsam entfernt.

Das Gedicht stammt aus dem Jahre 1931. Wie mühsam war es wohl, als sein Verfasser vier Jahre später, mittels einer Überdosis von Schlaftabletten, im Alter von 45 Jahren, freiwillig besagten Löffel aus dem Kleister zog?

GEORG KREISLER

Die Hexe

(im Flüsterton zu sprechen)

Die Dame nebenan ist eine Hexe,
das hab ich längst heraus.
Sie malt am Abend kleine weiße Kleckse,
die wir nicht sehen, vors Haus.

Die Hexen, die die Kleckse dort gewahren,
die kommen dann des Nachts in großen Scharen
und sitzen eng beisamm' bis in die Frühe
und kochen eine fürchterliche Brühe
im Küchenofen drin
von unserer Nachbarin.

Drum hängt der Rauch so tief in unserem Schornstein
und steigt so schwer hinauf.
Und eine Krähe bleibt in der Nähe.
Kinder, paßt auf!

Die Dame nebenan, hab ich erfahren,
die stammt auch nicht von hier.
Sie kam zwar her in ziemlich jungen Jahren,
doch die ist nicht wie wir.

Sie sieht zwar aus wie andere alte Frauen,
doch die ist schlau, drum darf man ihr nicht trauen.
Sie lebt ihr Leben grad so wie wir alle,
doch stellt sie uns damit nur eine Falle.
Denn stets denkt sie daran,
wie sie uns täuschen kann.

Bei Tag, da ist sie freundlich und verbindlich,
doch wer sieht sie bei Nacht?
Bleibt diesem Weibe lieber vom Leibe!
Kinder, gebt acht!

Die Hexe nebenan darf hier nicht bleiben.
So kann's nicht weitergehen.
Es ist bestimmt nicht leicht, sie zu vertreiben,
und doch, es muß geschehen.

Von jetzt an kehren wir alle ihr den Rücken
und spucken aus, sobald wir sie erblicken,
und schicken ihr ein anonymes Schreiben
und schmeißen ein paar Steine durch die Scheiben,
so lang, bis sie versteht,
wir wollen, daß sie geht.

Doch wenn sie unsere Warnung in den Wind schlägt
wie finden wir dann Ruh?
Dann ohne Schonung in ihre Wohnung!
Leute, schlagt zu!

Wie man den Kindern das Hassen beibringt

Kreisler ist im landläufigen Sinne kein Lyriker, er ist ein Liedermacher und Kabarettist und noch dazu ein populärer, will sagen, kein Avantgardist. Das macht ihn als ernsthaften Dichter suspekt; zu viele Menschen summen und zitieren seine Verse. Ein anderer populärer Schriftsteller und Kenner, nämlich Daniel Kehlmann, behauptete hingegen (vor Kreislers Tod im Jahr 2011), »man könnte Georg Kreisler den besten lebenden deutschen Lyriker nennen«. Nur, setzte er hinzu, würde ihm das nicht gerecht, denn er sei vor allem Satiriker, und zwar vom Feinsten, in einem Atemzug mit Voltaire und Swift zu nennen. Was immer der Vortrag und die »hinterlistig konventionelle musikalische Begleitung am Klavier« (immer noch Kehlmann) zu dem Erfolg seiner Texte beitragen mögen, Gedichte sind diese Texte allemal.

Der Reim »Kleckse« auf »Hexe« ist ebenso weit hergeholt und dabei ebenso zielsicher wie der Gedanke, den er ausdrückt, dass es nämlich unsichtbare und unbeschreibliche Zeichen gibt, die an uralte Angstgefühle appellieren. Was man sich vorstellen kann, auch wenn es nicht da ist, muss existieren. Und was man nicht sieht, ist unheimlich. Also Hexenkleckse. Wie alle Satiren, die den Namen verdienen, hat unsere ein todernstes Motiv, nämlich das des eskalierenden Vorurteils. Wenn man sich kopfschüttelnd fragt, »wie es so weit kommen konnte«, so gibt unser Gedicht Auskunft, und zwar ganz poetisch, nämlich in der musikalischen Steigerung. Was als Flüsterton beginnt, ein Gerücht, hinter vorgehaltener Hand, die sich nach und nach zur Faust ballt, endet mit einem Paukenschlag (»Leute, schlagt zu!«), der gleichzeitig ein Schlag ins Gesicht ist. Aus dem anfänglichen

Verdacht der Hexerei wird Gewissheit, einfach durch die Wiederholung der Beschuldigungen. Hier gibt es nichts zu beweisen, hier muss man nur anrühren, womöglich mit dem Kochlöffel umrühren, und es entsteht eine »fürchterliche Brühe« in einem Ofen, zu dem die Nachbarn keinen Zugang haben.

Wer spricht hier? Ein Ich, ein Wir wendet sich an Verbündete, eine Gesellschaft mit der Macht, Menschen, auf die »wir« es abgesehen haben, auszustoßen. Alte Frauen, die allein leben, sind sowieso verdächtig, wir wissen es von der Lebkuchenhausbesitzerin aus »Hänsel und Gretel« und deren Nachfolgerinnen, die auf realen Scheiterhaufen verbrannten. In unserem Gedicht wird aus der anfänglichen Dame eine alte Frau, dann ein Weib, dann nur noch die Hexe. Das Paradox des Vorurteils wird in wenigen Versen aufgedeckt: Je normaler sich die Verdächtige benimmt (»freundlich und verbindlich«) und aussieht (»wie andere alte Frauen«) – egal wie unauffällig sie auch lebt (»grad so wie wir alle«) –, desto anfälliger ist sie für den Hass in den Köpfen der Angesprochenen und Aufgehetzten.

Die ersten sechs Strophen entwickeln den Verdacht, die letzten drei rufen zur Tat auf. Denn plötzlich sind wir aus der Märchenwelt der magischen Kleckse und der geheimnisvollen Brühe in den Hexenkessel unserer modernen Welt geraten und mit bekannten Erscheinungen von Minoritätenausgrenzung und Ausländerfeindlichkeit (»die stammt auch nicht von hier«) konfrontiert: Die Empörung des Anstifters wird im anschwellenden Ton zu ihrer eigenen Grundlage (»wie finden wir dann Ruh?«). Die alte Frau darf nicht bleiben, sie wird öffentlich beleidigt (Rücken kehren, ausspucken, anonyme Briefe) und, steil ansteigend, mit Fensterscheibeneinwerfen und Gewaltanwendung bedroht. Aus den Kindern des Anfangs, die nur aufpassen und achtgeben sollen, sind Erwachsene geworden, die zuschlagen und in fremde Wohnungen eindringen. Durch die Hexerei des Hasses verwandelt sich Mangel an Beweisen in Beweismaterial.

Die Komik entsteht, wie bei den meisten Satiren, aus dem Erkennen der Unvernunft, in deren Namen hier gehandelt werden soll. Und doch bleibt mir bei der letzten Strophe das Lachen im Hals stecken, denn dieses Hexenhaus ist zu orts- und zeitnah. Das geht unter die Haut.

ILSE AICHINGER

Zeitlicher Rat

Zum ersten
mußt du glauben, daß es Tag wird,
wenn die Sonne steigt.
Wenn du es aber nicht glaubst,
sage ja.
Zum zweiten mußt du glauben
und mit allen deinen Kräften,
daß es Nacht wird,
wenn der Mond aufgeht.
Wenn du es aber nicht glaubst,
sage ja
oder nicke willfährig mit dem Kopf,
das nehmen sie auch.

Glaube und Unglaube

Es steht geschrieben: »Am ersten Tag schied Gott das Licht von der Finsternis. [...] Da ward aus Abend und Morgen der erste Tag.« Ilse Aichinger, eine katholisch erzogene Jüdin (oder, anders gesehen, eine als Jüdin verfolgte Katholikin), stellt in ihrem Gedicht den ersten Akt der Schöpfung in Frage. Oder vielmehr, sie stellt in Rechnung, dass es den Menschen nicht immer gegeben ist, an die Schöpfung zu glauben.

Aichinger, Jahrgang 1921, war die Patriarchin unter den deutschsprachigen Lyrikern. Ihre Werke wurden im Laufe eines langen Lebens immer kürzer, aber nicht weniger tiefsinnig. Ihr literarischer Anfang, der Roman *Die größere Hoffnung*, war das längste. Die Verkürzungen erleben einen Höhepunkt in ihren kleinen, meisterhaften und teils rätselhaften Gedichten.

»Zeitlicher Rat« verlangt von den Lesern, die Wirklichkeit, mit der sie vielleicht nicht einverstanden sind, zu bejahen. Oder, wenn das zu viel verlangt ist, das Leben stumm, aber »willfährig« hinzunehmen, um den höheren Mächten, wer immer sie sein mögen, angedeutet durch das »sie« im letzten Vers, Genüge zu tun. Es gibt »sie«, aber nicht so positiv, dass man sie Gott nennen würde. Das Gedicht weicht dem Gedanken an das Göttliche aus, ohne ihn abzulehnen, und das ist vielleicht das Rätselhafteste daran.

Im Kontrast zu dem beunruhigenden Inhalt der Verse geht eine eigentümliche Ruhe vom Rhythmus und der Ausgewogenheit dieser Zeilen aus, also vom eigentlich Lyrischen. Da ist das Gleichgewicht von »Zum ersten« und »Zum zweiten«, die doch dasselbe bedeuten: Denn wer an den Tag glaubt, glaubt auch an die Nacht. Wer an das Leben glaubt, glaubt auch an den Tod. Und da ist der gesteigerte Stufengang – ob hinauf oder hinunter – in der wiederholten Ermutigung zum Glauben. Oder sind das nur die Beschwichtigungsversuche einer Lebenslüge? Man kann das Gedicht nämlich auch so lesen, dass der Unglaube siegt. Es beschwört einen vertrackten Zweifel in einer Schaukel von Glauben und dessen Ablehnung. Und der Zweifel ist ja leider nicht nur sprachlich mit der Verzweiflung verwandt.

Ilse Aichinger war eine Predigerin des Misstrauens. In einem verwandten Gedicht spricht sie ein Kind an mit den Worten: »Hör gut hin, Kleiner, / Es gibt Weißblech, sagen sie, / Es gibt die Welt, / prüfe, ob sie nicht lügen.« (Hier reicht die Fragwürdigkeit vom konkreten und nicht sonderlich gedichtfähigen Weißblech bis zur unüberschaubaren Welt.) In Prosa hat sie geschrieben: »Wir müssen uns selbst misstrauen. Der Klarheit unserer Absichten, der Tiefe unserer Gedanken, der Güte unserer Taten! Unserer eigenen Wahrhaftigkeit müssen wir misstrauen.« Das Gedicht »Zeitlicher Rat« stellt den Gemütszustand des Misstrauens *in extremis* dar, und rät paradoxerweise (oder ironisch?) zum Glauben.

Kurze Gedichte, ob Epigramme oder gereimte Aphorismen oder Haikus, sind entweder kleine Landschaftsbilder oder stellen eine Stimmung her oder bringen komplexe Umstände auf eine griffige Formel oder machen eine witzige Pointe. Sie sind Geistesblitze oder Blitzaufnahmen. Sie erläutern nicht, sie zeigen nur hin, manchmal mit ausgestrecktem Zeigefinger, manchmal mit angedeutetem Fragezeichen. Ich schlage vor, dass wir die direkten Aussagen beiseitelassen. Denn dieses Gedicht ist ja darauf angelegt, sie uns zu verweigern. Je weniger Interpretation, desto besser, meine ich.

Es gibt Gedichte, die einem durch die Schwere des Alltags helfen und daher an gewissen Tagen zu unwillkürlichen Ratgebern dieses besonderen Tages, sprich zu Lieblingsgedichten, werden. »Zeitlicher Rat« will dank seiner Widersprüche und trotz seines Titels nicht überzeugen. Weitaus tröstlicher, schafft es einen Schwebezustand, in dem wir uns wiedererkennen.

DURS GRÜNBEIN

Die Wachtel

Ach Großmutter, so nah am Wasser gebaut –
Beim Abschied riß sie mich jedesmal an sich
Mit der plötzlichen Kraft der Ertrinkenden,
In ihrer Blumenschürze eine so kleine Person.

Wie bestürzend rasch all das vorüber war,
Die Jahre der Rosenzucht, Jahre am Spülstein.
Sie war die Agile, die Schwatzhafte, Zärtliche.
Als sie starb, war ich wer weiß wie weit weg.

Dieses Ach aber, überhaupt jede Art Seufzer,
Wurde in ihren Kreisen geradezu kultiviert.
Welche Kreise? Die Damen vom Rommė-Club,
Das Kaffeekränzchen jeden Mittwochnachmittag.

Sie schämte sich immer der Stunde Null –
Als Frau, der Russen wegen, ihrer Befreier.
Spätnachts hatten sie ihr die Tür eingetreten.
Die Kinder waren zum Glück auf dem Lande.

Diese letzten Tage des Krieges, sie blieben
Versiegelt ein Leben lang, unter Verschluß,
Wie in der Kommode unten das Bündel Briefe,
Die fleischfarbnen Wäschestücke der jungen Braut.

Fünfzig Jahre lang hielt das Familiengeheimnis.
Kein Sterbenswörtchen, erst kurz vor dem Ende
In den Wochen der Krankheit packte sie aus.
Großmutter, eine geborene *Wachtel* aus Schlesien.

Die Wachtel, ein Speisevogel zu Goethes Zeiten –
Es hieß, das kommt bei uns nie auf den Tisch.
Heute noch zucke ich manchmal zusammen,
Schwärmt man von Wachteleiern als Delikatesse.

Oder ein Wort weht herüber, eine brüchige Silbe,
Die einen schwach macht, weil sie so vieles enthält,
Überhaupt, die Erhaltungssätze der Sprache …
Dasselbe *Ach* in Fachwerk wie in Kasachstan.

So nah am Wasser gebaut, ich kann sie noch hören,
Ihre Seufzer – die tiefen, die lebenssatten,
Und jene schwachen, behutsam eingeschlagen
Wie in Seidenpapier zwischen zwei kleinen Lachern.

Ein Wort weht herüber

Ein liebevolles Porträt einer Frau, die viel geweint (sie war »nah am Wasser gebaut«), viel gelacht – das Gedicht endet mit ihren »kleinen Lachern« – und viel geseufzt hat. Die Seufzer gehörten zum guten Ton in ihren Kreisen, und man kann die Karten spielenden Damen so richtig sehen, wie sie tief Atem holen, um richtig zu seufzen. Ein leicht komisch angehauchtes Porträt eines trauernden Enkels bahnt sich an, der bereut – aber nicht allzu sehr –, bei ihrem Tod nicht dabei, sondern »wer weiß wie weit weg« gewesen zu sein. Er skizziert sie mit wenigen Strichen, eine kleine Person mit Blumenschürze, mit ihren selbstgezüchteten Rosen, heftigen Umarmungen und redseligen Zärtlichkeiten. Aber der Text enthält auch ein Paradox: Es ist ein Gedicht über eine geschwätzige Frau, die schweigt.

Denn das Eigentliche ist die Rolle, die diese Frau in der Geschichte – oder vielmehr umgekehrt, die Rolle, die die deutsche Geschichte in ihrem Leben – gespielt hat. Das Kernstück sind die dritte bis sechste Strophe, die so diskret wie möglich von Vergewaltigung und dem darüber gebreiteten Schweigen handeln, dem Schweigen, das der sogenannten Vergangenheitsbewältigung vorausging. Die Soldaten der siegreichen Armee hatten der damals noch jungen Mutter spätnachts die Tür eingetreten. Fünfzig Jahre lang schämte sie sich für das, was diese paar Worte über den Einbruch der Männer, die sie in der DDR als ihre Befreier bezeichnen musste, verhüllen. Schämte sich und schwieg. Schockierend umschrieben ist dieses Schweigen, wenn der Enkel es mit den »fleischfarbnen Wäschestücken der jungen Braut« vergleicht, also die sexuelle Brutalität einerseits der erotischen Unerfahrenheit und Vorschau auf die Hochzeitsnacht auf der anderen Seite gegenüberstellt: Eine Schublade in einer weiblichen Kommode voller Briefe und Seidenpapier steht als Versteck für Gewalt und verdrängtes Trauma. Diskreter als Grünbein hier dichtet, geht es gar nicht, und darin liegt die Stärke dieser Verse.

Aber wieso haben wir es auf einmal mit Goethe zu tun? Grünbein ist ein Dichter, der die Tradition immer mit im Gepäck hat. Das Wort »Wachtel« weht von weit her. Die Sprache verbindet nicht nur die Vorkommnisse innerhalb einer Familie, sondern sie enthält in ihren »Erhaltungssätzen«, wie er sie nennt, auch die Mittagstafel der gehobenen Klassen im 18. Jahrhundert. Sie enthält das Ausgelassene wie das Ausgesagte. Das Gedicht handelt nicht nur von einem bestimmten Menschen, sondern auch von dem, was Sprache weitergibt, in einem Wort oder, noch weniger, in nur einer Silbe, eingeschachtelt in Wörtern, die gar nicht zusammengehören, hier der unverwechselbar deutsche Ausruf »Ach« in Großmutters Mädchennamen Wachtel, im Namen der Sowjetrepublik Kasachstan und im heimatlichen »Fachwerk«. Das im Seufzer enthaltene menschliche Leiden und Gedenken über Vergänglichkeit (»Wie bestürzend rasch all das vorüber war«) macht den Sprecher »schwach«, sodass am evozierten Gefühl übers Erinnern die gehaltvolle Silbe nochmals teilnimmt.

So vermengt das kleinste Sprachfragment, drei Buchstaben, die einen Laut ausmachen, der nicht unbedingt immer ein Seufzer sein muss, in dem merkwürdigen Kochtopf der Erinnerungen das, was einmal gegessen wurde, und das, was noch heute als Delikatesse gilt, mit dem Alltagsleben einer Frau aus dem vorigen Jahrhundert, die zufällig vor ihrer Ehe Wachtel hieß. »Alles ist ewig im Innern verwandt« dichtete Brentano, und die Romantiker waren einverstanden. Nur dass sie an eine wesentliche, existentielle und beruhigende Zusammengehörigkeit der Bestandteile ihrer Welt glaubten, während Grünbein, wenn ich sein Gedicht recht verstehe, eher an eine zusammengewürfelte glaubt, die uns trotzdem mit allem, was schon war, verbindet.

HANS MAGNUS ENZENSBERGER

Schwere Koffer

Wo kommen all diese Koffer im Hinterhof her,
wem gehören sie? Wer hat sie hergeschleppt,
abgestellt, liegenlassen, aufgestapelt,
vergessen? Altmodische Koffer,
zerfleddert, aufgeplatzt,
mit Schnüren zusammengehalten.
Aber das Leder ist gut, einst
muß es geglänzt haben, und das geborstene Schloß –
im Schaufenster schimmerte golden.

Was sollen all diese Koffer in unserem Hinterhof?
Was ist da drin? Diese Socken, diese Perücken,
das Tagebuch, der im Nadelkissen versteckte Diamant –
daß mir keiner die Sachen anrührt!
Hier gibt es keinen Finderlohn.
Die Unterseite der Griffe ist schmiegsam.
So viele Hände, durch die sie gegangen sind.
Niemand da. Nur die Koffer.

Kein Finderlohn

Enzensberger ist der Jeremia der zeitgenössischen Lyrik, der mit in Ironie getauchter Verzweiflung »Wehe« über seine Mitbürger ruft. Wie die barocken Dichter des 17. Jahrhunderts, die im alles verwüstenden Krieg zähneklappernd und fassungslos vor dem unaufhaltsamen Verlauf der Zeit standen, dem sie versuchsweise den Trost der Ewigkeit und der eventuellen Seligkeit entgegenhielten, so schreibt auch Enzensberger aus einer Gegenwart heraus, die wir verdrecken, zerstören und mit tödlichen, wenn auch langsam wirkenden Giften infizieren, und schaut in eine unbewohnbare Zukunft, wobei nur selten ein Hoffnungsschimmer aufblitzt. Die Dimension Zeit und wir in ihr sind ein unberechenbares Rätsel. Allerdings liebt Enzensberger das Rätselmachen und Rätsellösen, und so heißt auch jener Band, aus dem unser Gedicht stammt, *Rebus*. Doch wenn der Dichter in früheren Sammlungen vor dem, was uns noch bevorsteht, warnte, schließt er jetzt die Akten, beziehungsweise die Koffer.

Die Zeit hat ihre Dynamik verloren, was vorbei ist, steht im Hinterhof herum wie angesammeltes Gepäck. »Schwere Koffer« ist der Obertitel eines Kapitels von sieben Gedichten, die alle Auseinandersetzungen mit der Vergangenheit sind, die sich von Fall zu Fall als lächerlich oder unmöglich oder irrelevant herausstellen. In unserem Gedicht ist der Inhalt der Koffer einerseits wertlos, andererseits entspricht er dem Bild von unseren Großeltern: Tagebuch, Perücke, Nadelkissen, Socken. Irgendwo mag ja sogar ein Diamant stecken. Die verflossene Zeit ist zu den Objekten geschrumpft, die einst in ihr benützt wurden und die niemand im Vorderhaus der Gegenwart mehr haben will. Nur durch den Notbehelf von Schnüren hält das alte

Zeug zusammen. Und doch glänzte das geborstene Schloss einmal im Schaufenster wie Gold, und »das Leder ist gut«. Dem Sprecher sind sie irgendwie lieb, sie rühren ihn an. In früheren Gedichten erfand Enzensberger eine vorweggenommene Nostalgie, in der wir auf die fröhliche Gegenwart als eine glückliche Zeit, die nie wiederkommen wird, zurückschauen.

Auf die anfänglich gestellte Frage, wem die Koffer gehören, gibt die letzte Zeile Antwort: Sie gehören niemandem, weil niemand mehr da ist. Die Dinge selbst bleiben, wenn auch in fragwürdigem Zustand, unheimliche Überbleibsel, ihre Besitzer sind verschwunden, es sind die Koffer der Toten. Und trotzdem soll niemand diesen im Hinterhof gelagerten Trödel anrühren. Der Sprecher legt ganz persönlich Wert darauf, wie aus dem Wörtchen »mir« (»daß mir keiner die Sachen anrührt«) hervorgeht. Wie in einem Vexierspiel mit Zeitverschiebungen wirkt dieser Sprecher persönlich gereizt, wenn er anderen keinen Einblick in die Koffer gönnt, obwohl sie ihm eingestandenermaßen nicht gehören. Hält er sich für den Alleinbesitzer des Hinterhofs, obwohl doch ausdrücklich von »unserem Hinterhof« die Rede ist und wenn er doch beim Auffinden dieses Gerümpels in den ersten Versen verblüfft und verstört war? Worin besteht die Anziehung? Und warum haben andere Forscher, Nachforscher, Historiker hier nichts zu suchen, denn: »Hier gibt es keinen Finderlohn«?

Diese Ambivalenz gegenüber dem ganzen Krempel, den die Leute einmal für erlebtes Leben hielten, macht den Reiz des Gedichts aus. Die Lösung (oder die Vertiefung?) des Widerspruchs (oder des Rätsels?) ist die Menschenleere des letzten Verses.

HEINRICH DETERING

Becher

Er will zu was Großem gehören
er findet sich selber zu klein
er will zu der Fahne schwören
seine Stimme im Chor zu hören
heißt nicht allein zu sein
und es klingt wie ein unreiner Reim

die Großen lassen ihn machen
solange er mitmacht wie sie
sie lassen den schwierigen Schwachen
sich bewähren gewähren bewachen
zu ihnen gehörte er nie
so lebte er hin, irgendwie

(ihn hörte kein Mensch wenn er schrie)

So lebte er hin

Johannes R. Becher war so etwas wie der Poeta laureatus, der Nationaldichter der Deutschen Demokratischen Republik. Schulen und Straßen wurden nach ihm benannt, es gab sogar eine Briefmarke mit seinem gequälten und unschönen Gesicht. Er war der Dichter der Nationalhymne (»Auferstanden aus Ruinen«) und ein großes Tier in diversen literarischen und kulturellen Gremien und Instituten, Nachfolger von Arnold Zweig als Präsident der Deutschen Akademie der Künste, schließlich sogar Kulturminister der DDR.

Gleichzeitig war er psychisch angeschlagen und seit seiner Jugend suizidgefährdet.

Ein Gedicht von einem angesehenen Germanisten, das von der politischen Situation und dem Geisteszustand eines solchen Dichters handelt, mag auf den ersten Blick wie Fachsimpelei aussehen. Tatsächlich sind es Verse von einer ungewöhnlichen Kompaktheit und gleichzeitiger Komplexität über Mitläufertum, über das fragwürdige Bedürfnis eines innerlich unsicheren Zeitgenossen, einer großen Sache dienen zu müssen, und über die minderwertige Rolle des Künstlers in einer Diktatur.

Minderwertig findet der Becher dieses Gedichts sich selber, darum seine Anhänglichkeit an das System. Mitglied eines großen Chors zu sein bedeutet unterzutauchen, die ungeliebte Individualität aufzugeben. Dass die Stimme nicht in den Chor passt, wird schlagartig und prägnant hervorgehoben durch den Vergleich mit einem unreinen Reim, den Vers 6 selber veranschaulicht.

Doch der Anpassungsversuch misslingt, denn für die Machthaber gehört Becher nicht dazu, er ist ein »schwieriger Schwacher«. Die Alliteration erinnert an »schwanken« und betont das prekäre Gleichgewicht des Betroffenen und die Überheblichkeit seiner Gönner. Diese lassen – und nun folgen drei Infinitive von ganz verschiedener Bedeutung: Sie lassen ihn »sich bewähren« heißt, er kann noch etwas leisten; sie lassen ihn »gewähren« heißt, er ist ihnen ziemlich egal; aber sie »lassen ihn bewachen« heißt, sie sind ihm nicht unbedingt wohlgesinnt, er wird bespitzelt. In dieser letzten Konstruktion ist Becher nicht mehr Subjekt, sondern passives Objekt. Das alles in vier Wörtern.

Ebenso knapp ist die Misere einer solchen Karriere im vorletzten Vers zusammengefasst, der natürlich auf das Ende von Büchners *Lenz* anspielt, diese klassische Novelle über einen anderen Dichter, der das Leben nicht bewältigen konnte. »Irgendwie hinleben« ist ja kaum mehr als eine Form des Vegetierens. Wie eine Hommage an den zweitrangigen Dichter Becher enthält der letzte Vers, in Klammern wie ein Nachtrag, noch eine weitere Anspielung auf hochwertige Literatur, nämlich auf den berühmten Anfang von Rilkes erster *Duineser Elegie*: »Wer, wenn ich schriee, hörte mich denn …« Bei Rilke sind es die Engel (der Vers geht bekanntlich weiter: »aus der Engel Ordnungen«), die vermutlich nicht hinhören würden, wenn das lyrische Ich seine Stimme erheben würde. Rilkes Verbum »schriee« ist Konjunktiv, das heißt, der Sprecher überlegt es sich und unterlässt das Schreien. Für Deterings Becher ist es wohl umgekehrt. Da sind es die Menschen, die taub sind, denn »hörte« kann zwar Konjunktiv oder Präteritum sein, »schrie« mit nur einem »e« ist aber eindeutig Präteritum. »Wenn«, das bei Rilke die Bedeutung von »falls« hat, kann bei Detering »als« oder »wann immer« bedeuten. Fazit: Dieser Mensch hat geschrien, und niemand kam ihm zu Hilfe.

Am Anfang hat er im Chor mitgesungen, auch wenn er falsch gesungen hat, am Ende ist er ein einsamer Schreier in einer Wüste voller Menschen, ein tragischer Ausgang für einen, dessen Beruf die Sprachkunst war. Das Gedicht ist ein Nachruf, in dem viel Sympathie, wenn auch keine Hochachtung, steckt.

Es bezieht sich zwar auf ein vergangenes System, aber unterschwellig schwingt ein allgemeingültiges Thema mit, der Drang zur Grenzüberschreitung der persönlichen Identität und die Flucht in eine Gemeinschaft, die enttäuschen kann. Vor allem ist es beispielhaft für die Aussagekraft von Verkürzungen, die so nur in der Lyrik möglich sind.

ENGLISCHSPRACHIGE GEDICHTE
MIT ÜBERSETZUNGEN

ELIZABETH BARRETT BROWNING

Sonnets from the Portuguese, VI.

Go from me. Yet I feel that I shall stand
Henceforward in thy shadow. Nevermore
Alone upon the threshold of my door
Of individual life, I shall command
The uses of my soul, nor lift my hand
Serenely in the sunshine as before,
Without the sense of that which I forbore,
Thy touch upon the palm. The widest land
Doom takes to part us, leaves thy heart in mine
With pulses that beat double. What I do
And what I dream include thee, as the wine
Must taste of its own grapes. And when I sue
God for myself, He hears that name of thine,
And sees within my eyes, the tears of two.

Sonette aus dem Portugiesischen,
das sechste Sonett

(übersetzt von Rainer Maria Rilke)

Geh fort von mir. So werd ich fürderhin
in deinem Schatten stehn. Und niemals mehr
die Schwelle alles dessen, was ich bin
allein betreten. Niemals wie vorher

verfügen meine Seele. Und die Hand
nicht so wie früher in Gelassenheit
aufheben in das Licht der Sonne, seit
die deine drinnen fehlt. Mag Land um Land

anwachsen zwischen uns, so muß doch dein
Herz in dem meinen bleiben, doppelt schlagend.
Und was ich tu und träume, schließt dich ein:

so sind die Trauben überall im Wein.
Und ruf ich Gott zu mir: Er kommt zu zwein
und sieht mein Auge zweier Tränen tragend.

Der Zeilensprung als Umarmung

Die beliebtesten Liebesgedichte des Viktorianischen Zeitalters sind einige der 44 Sonette, die Elizabeth Barrett, eine damals hochgeschätzte Dichterin, gleichzeitig eine »alte Jungfrau« von etwa vierzig Jahren, ihrem Verehrer Robert Browning, einem sechs Jahre jüngeren Poeten, widmete. Als Autorin war sie bekannter als er, doch er war jung, gesund und im Kommen. Sie kränkelte und lebte im Hause ihres tyrannischen Vaters. Eine eheliche Verbindung der beiden schien weit hergeholt. – Doch sie fand statt.

Allen Hindernissen und Warnungen zum Trotz rissen die beiden aus (mit Barretts Hund Flush, der später von Virginia Woolf in einem nach ihm benannten Buch verewigt wurde), entkamen nach einer heimlichen Heirat in London nach Italien und führten dort bis zu Elizabeths Tod ein glückliches Eheleben. Erst in Florenz zeigte sie ihrem Mann die Liebesgedichte, die sie während seiner stürmischen Werbezeit verfasst hatte. Er war gerührt und beeindruckt und bestand auf Veröffentlichung, obwohl die Sittenstrenge der Zeit »anständigen« Frauen verbot, ihr Privatleben der Öffentlichkeit preiszugeben. Um den Anstand zu wahren, entschied man sich für die weiße Lüge, sie seien eine Übersetzung aus einer Fremdsprache. Daher der Titel.

Eine delikate und delektable Liebesgeschichte, wie man sie sich in der Mitte des 19. Jahrhunderts nicht schöner wünschen konnte, mit Happy End und Versen, die bald ihren Weg in die Schulbücher finden sollten.

Doch viele der Gedichte sind gar nicht so happy, sondern eher Ausdruck einer überwältigenden Einsamkeit, aus der die Dichterin ausbrechen möchte, aber nicht recht an diese Möglichkeit glaubt. Die Angst vor einer Enttäuschung ist ihnen eingeschrieben und die Frage: Wie komme ich mit meinem Leben zurecht, wenn ich wieder allein sein muss? Im sechsten Sonett malt sie es sich aus: Bis jetzt konnte ich an der Schwelle meines Einzellebens (»individual life«) den Sonnenschein genießen und die Regungen meiner Seele beherrschen. Von jetzt an geht das nicht mehr, denn von jetzt an bin ich »zu zweit«, ein »Du« hat sich bei mir eingeschlichen, sodass nun ein zweites Herz neben meinem schlägt. Der Wein meiner Gedanken und Träume schmeckt von jetzt an unabänderlich nach zweierlei Traubensorten. Sogar in meinen Gebeten wird Gott in den Augen des einen Menschen, der ich bin, die Tränen zweier sehen.

Man mag einwenden, gedanklich sei das alles nicht so großartig. Mann und Frau werden eins, das kennt man zur Genüge. Doch bei genauerem Hinsehen ist das nicht die übliche Formel von der Frau, die ihre Identität verliert und in dem Partner, an den sie sich klammert, aufgeht. Hier spricht umgekehrt ein Ich, das stark genug ist, ein zweites zu beherbergen, statt sich an das andere zu klammern. Das ist nicht, als ob die Frau sagte: Ich bin Teil meines Geliebten geworden, ich bin der Efeu, er ist die Eiche. Es ist das Gegenteil: Ich habe ihn einverleibt, nicht er mich.

Abgesehen vom Inhaltlichen und der teils ungewöhnlichen Metaphorik (zum Beispiel die Trauben!) lässt die geübte Lyrikerin in der altbewährten Form des Sonetts die Sprache selber die Vereinigung der Liebenden stiften, nämlich durch den Zeilensprung, das Enjambement. Fünf der sechs Sätze, aus denen das Gedicht besteht, enden in der Mitte des Verses, sodass der Rhythmus sofort zu neuer Umarmung anhebt. Nur am Ende des Gedichts, in der letzten Zeile, endet ein Vers (unvermeidlicherweise) mit einem Schlusspunkt.

Rainer Maria Rilke war, wie Elizabeth Barrett Browning, ein Meister des zeilensprunghaft verflochtenen Sonetts, und Liebesgedichte von Frauen faszinierten ihn. Rilke beherrschte mehrere Sprachen, das Englische war nicht seine Stärke (er stolpert, scheint mir, in den letzten Versen, die im Englischen besonders gelungen sind), doch er wusste: Die formelle Vollendung eines Gedichts bestätigt oder erhöht den Inhalt und gibt ihm erst seinen Wahrheitsanspruch. Rilke hält die »Umarmungen« des Enjambements, so weit wie möglich, ein, auch dort, wo es im Deutschen schwierig wird. Beide Dichter führten die Liebeserklärung in der Syntax durch, in Versen, die nicht aufhören, einander zu suchen.

WALT WHITMAN

City of Orgies

City of orgies, walks and joys,
City whom that I have lived and sung in your midst will
one day make you illustrious,
Not the pageants of you, not your shifting tableaus,
your spectacles, repay me;
Not the interminable rows of your houses, nor the ships
at the wharves,
Nor the processions in the streets, nor the bright
windows, with goods in them;
Nor to converse with learn'd persons, or bear my share
in the soiree or feast;
Not those – but, as I pass, O Manhattan, your frequent
and swift flash of eyes offering me love,
Offering response to my own – these repay me;
Lovers, continual lovers, only repay me.

Stadt der Orgien (übersetzt von Ruth Klüger)

Stadt der Orgien, Promenaden und Freuden,
Stadt, die ich, in deiner Mitte lebend, besang und
einmal berühmt machen werde,
Nicht deine Feiern, nicht deine wechselnden Tableaus,
deine Spektakel, belohnen mich;
Nicht deine endlosen Häuserreihen, nicht die Schiffe in
den Werften,
Nicht die Festzüge in den Straßen noch die glitzernden
Auslagen mit ihren Waren;
Nicht das Gespräch mit Gelehrten oder mein Teil an
Soiree oder Gelage;
Die alle nicht – aber wenn ich, O Manhattan, vorbeigeh'
und oft wirft mir ein Augenpaar einen schnellen
Liebesblick zu,
In Antwort auf meinen Blick – die belohnen mich;
Liebende, nur unaufhörlich Liebende, sind mein Lohn.

Ode an Sodom/New York

»Stadt der Orgien« entstand 1859 als Teil des Gedichtzyklus »Calamus«, in Walt Whitmans 41. Lebensjahr, wie er gleich zu Anfang berichtet, in der für ihn typischen Verschmelzung von »lyrischem« und »biografischem« Ich. »Calamus« erschien 1860 im Selbstverlag in einer frühen Ausgabe der *Leaves of Grass* (*Grashalme* oder *Grasblätter*), Whitmans immer wieder revidiertem Lebenswerk.

In dieser Sammlung bekannte sich Amerikas gefeiertster Dichter zu seiner Homosexualität, ein Wort, das damals noch nicht gebräuchlich war und das er umschreibt oder beschreibt als »athletische Liebe«, »robuste Liebe«, »männliche Zuneigung«. Niemals entschuldigt er sich für sie oder schämt sich ihrer. Im Gegenteil, er feiert sie als Lebenskraft, nicht als Schwäche, auch dort, wo Jubel und Trauer einander gelegentlich abwechseln. In der griechischen Mythologie ist die Sumpfpflanze Calamus ein verwandelter Jüngling, der Selbstmord beging, nachdem sein Geliebter Karpos bei einem Wettschwimmen ertrank.

Erst in letzter Zeit, seit man unbefangen mit dem »offenen Geheimnis«, wie Heinrich Detering es genannt hat, umgeht, ist es möglich geworden, die Homoerotik als einen wesentlichen Bestandteil von Whitmans Dichtung wahrzunehmen. Aus Gründen des »guten Geschmacks« und eines Patriotismus, der meinte, Amerikas größten Dichter in eine Zwangsjacke angeblicher und missverstanden einengender Männlichkeit stecken zu müssen, wurden die »Calamus«-Gedichte oft verdrängt und verschwiegen oder ihr Zusammenhang mit dem Gesamtwerk falschen Voraussetzungen, anders gesagt Verharmlosungen, unterworfen.

Eines der Gedichte in »Calamus« (»The Base of All Metaphysics«), das mit einer namentlichen und wohl leicht humoristischen Aufzählung griechischer und deutscher Philosophen beginnt, endet mit der Feststellung, dass die »Kameradschaft« die Grundlage aller Philosophie und aller Religion sei. Jubelnd heißt es in einem weiteren: »Ich werde in Mannahatta und in jeder Stadt dieser Staaten, ob im Landesinneren oder am Meeresufer, die herzliche Kameradenliebe einführen.«*

In »Stadt der Orgien« fordert der Dichter Dank und Lohn von New York, »seiner Stadt«, wie er sie gerne nannte, und ihrem kulturell lebendigsten Viertel Manhattan. Er verspricht ihr, sie mit seinen Hymnen berühmt zu machen. Berühmt wofür? Er verschränkt den Rummel der Stadt, ihre öffentlichen Feste und Bauten mit dem Intimleben ihrer Bewohner und macht das eine vom anderen abhängig. Es ist eine Stadt, wo Fremde sich durch einen Augenaufschlag kennenlernen und erkennen. Das Gedicht enthält keine Spur der üblichen Kritik an der Stadtkultur als korrupt und verderblich, im vermeintlichen Gegensatz zur freien, unverdorbenen Natur, als deren Dichter Whitman oft angesehen wird. Das ist er zwar, aber keineswegs exklusiv. Keine puritanische Zensur, oder auch nur Zurückhaltung, waltet in der Darstellung der berauschenden Eindrücke, in der Aufzählung von urbanen Reizen. Manhattan ist ein »Sodom«, das von einer Flut sinnlicher Wahrnehmungen überschwemmt ist, von einer Anhäufung von Genüssen, hauptsächlich visuell, teils aber auch geistig und ästhetisch. Zwar ist jeder Attraktion ein »nicht« vorausgestellt, als Signal, dass das Gedicht noch auf das Wesentliche hinsteuert, doch die poetische Anhäufung von Lustbarkeiten und Augenweiden ist auch willkommenes Vorspiel, das in der Liebe mündet. (Ich lese das Wort »continual« in der letzten Zeile nicht als »lasting« – »dauernd«, also nicht

* »I will establish in the Mannahatta und in every city of these States inland and seaboard … / The institution of the dear love of comrades.« (»I hear it was charged«)

als eine konventionelle Voraussage von langfristigen Beziehungen, sondern eher als »fließend« in einem Strom von Beziehungen.) Bei der Sympathie der Passanten, die einander zufällig auf den belebten Straßen begegnen und Liebende werden, handelt es sich deutlich um eine »verbotene« Erotik, wie schon der Titel und der erste Vers andeuten.

Whitmans Erotik ist eins mit der Sinnlichkeit seiner Begeisterung für alles, was Natur und Mensch zu bieten haben, sichtbar in seinen Landschaften, welche das Ineinander-Aufgehen von Ich und All beschreiben, und hörbar in seinen oft nachgeahmten und doch unnachahmlichen Rhythmen, wo Prosa vor unseren Augen und Ohren zu Lyrik wird. In seiner Ode an New York ist die Stadt sowohl Ort wie Objekt der Liebe.

EMILY DICKINSON

A narrow fellow in the grass
Occasionally rides –
You may have seen him – did you not
His notice sudden is.

The Grass divides as with a Comb –
A spotted shaft is seen –
And then it closes at your feet
And opens further on –

He likes a Boggy Acre
A Floor too cool for Corn –
Yet when a Boy and Barefoot –
I more than once at Noon
Have passed, I thought, a Whip lash
Unbraiding in the Sun
When stooping to secure it
It wrinkled, and was gone –

Several of Nature's People
I know and they know me –
I feel for them a transport
Or cordiality –

But never met this Fellow
Attended, or alone
Without a tighter breathing
And Zero at the Bone –

(übersetzt von Werner von Koppenfels)

Ein schmaler Bursche schiebt sich
Bisweilen durch das Gras –
Du hast ihn schon gesehn – bestimmt
Er sagt sich nicht lang an –

Das Gras zerteilt sich wie gekämmt –
Ein Speer taucht auf, gefleckt,
Dann schließt es sich vor deinem Fuß
Öffnet sich weiter weg –

Er mag sein Grundstück im Morast –
Ein Parterre zu kühl für Korn –
Doch als Bub, barfuß am Mittag,
Fand ich manchmal, wie mir schien,
Eine Peitschenschnur, die lag entrollt
In der Sonne auf dem Grund
Und immer wenn ich nach ihr griff
Wand sie sich, und war fort –

Ich kenne manche aus dem Volk
Der Natur, sie kennen mich –
Fühle für sie im Überschwang
Herzliche Sympathie –

Doch diesen Burschen traf ich nie
Ob mit andern, ob allein,
Ohne stockenden Atem
Gefrierpunkt im Gebein.

Die Schlange im Gras

Emily Dickinson (1830–1886) war zu Lebzeiten unbekannt und praktisch unveröffentlicht. Man muss nur einen Blick in die damals hochgeschätzten, leicht verdaulichen und heute zum Gähnen langweiligen Verse von Henry Wadsworth Longfellow werfen, um die Distanz einzuschätzen, die Dickinson von ihren Zeitgenossen trennte. Selbst Jahre nach ihrem Tod, als ein Teil ihres Werks bekannt wurde, waren ihre Gedichte mit ihren gewollten Unregelmäßigkeiten zu befremdlich, um ernst genommen zu werden. Ihr Durchbruch in lyrisches Neuland wurde als die Ungeschicklichkeit einer ungebildeten Frau eingestuft oder auch herablassend als die Gefühlsduselei einer Damendichterin, die nicht einmal wusste, wie man Kommas setzt. Sie erschienen in verschandelter Form, wo jeder Herausgeber mitdichten durfte – durch Kürzungen, Auswahl, willkürliches Strophenbild und Zeichensetzung, und anderes mehr. Erst seit der Mitte des letzten Jahrhunderts wissen wir, was wir an ihr haben, nämlich, neben Walt Whitman, eine der beiden amerikanischen Dichtergrößen des 19. Jahrhunderts.

Unser Gedicht besteht in perfekter Symmetrie aus dreimal acht Zeilen. Zwei Strophen für das erste Drittel, nur eine Strophe für die acht Zeilen der Mitte, dann wieder zwei Vierzeiler für den letzten Teil. Ein an sich normales, hier aber in seiner Wirkung abnormales Geschehen beherrscht dieses überschaubare Schema. Im ersten Teil taucht ein harmloses Tier auf unter Menschen, für die es aus unerklärbaren Gründen nicht harmlos ist. Im zweiten Drittel wird daraus eine Kindheitserinnerung. In den letzten acht Versen kaut ein erwachsenes Ich an dem anhaltenden Schrecken, den diese unverdaute Erinnerung auslöst.

Und woraus besteht dieser Schrecken? Anders als die Schlange in der Genesis verkörpert das Tier nicht das moralisch Böse, ist kein Teufel, der sich ins Paradies eingeschlichen hat, sondern ein irdisches Wesen aus dem »Volk der Natur« (»Nature's People«), das sich ringelt und schlängelt, um sich dann dort zu verkriechen, wo es zu nass und kühl für das Lagern von Korn oder Mais wäre. Eine gewöhnliche Gartenschlange oder der »Bursche«, wie es in unserer Übersetzung so schön heißt, entfernt sich im zweiten Drittel des Gedichts eilig von dem »Buben«, eine generische Bezeichnung für das Kind, das dem »Burschen« eben begegnet ist und ihn anfassen wollte, weil es zuerst meinte, das Reptil sei ein Objekt, eine Peitsche, und dann erschrak, als es sich bewegte. Übrigens kommt das Wort »Schlange« nirgends vor, wir erkennen das Tier nur in der Beschreibung als »gefleckten Speer« und in der feinen Metapher von der entrollten Peitschenschnur, die sich nicht anfassen lässt.

Unvermeidlich fällt uns im post-Freud'schen Zeitalter als zweite Bedeutungsebene, neben der Bibel, die Schlange als bedrohliches phallisches Symbol ein. Auch diese Assoziation ist falsch, sogar wenn man die darin enthaltene Verniedlichung weiblicher Ängste hinnehmen will. Denn eine solche Bedrohung deutet auf einen Gewaltakt, einen Überfall, auf Erhitzung hin, und hier geht es um den Einbruch plötzlicher Kälte. Solche Deutungen schleichen sich beim Lesen aber trotzdem unvermeidlich ein, denn die Dichterin kannte ihre Bibel, und die heutigen Leser kennen ihren Freud.

Doch das Eigentliche an dem Gedicht, das Großartige daran, ist das Erfassen einer Urangst, die ein Teil unserer genetischen Struktur zu sein scheint, in einem Augenblick der Selbsterkenntnis, der verhindert, sich gemütlich wohlzufühlen in einer bekannten und gepflegten Umgebung. Das Heimatliche wird umgestülpt durch das plötzliche Erscheinen des Unheimlichen, das wir erkennen, aber geistig nicht erfassen können. Im dritten Teil spricht das erwachsene Ich über seine/ihre Zwiespältigkeit in einem Zuhause, das an den Garten in Amherst erinnert, wo die Dichterin einen guten Teil ihres Lebens verbrachte, wo aber auch das andersartige und seit der Kindheit bekannte Wesen noch immer wohnt. Plötzlich ist das Undefinierbare da. Das Gedicht bringt diese Wahrnehmung von Entsetzen ohne Ursache wörtlich auf den Nullpunkt, wo alles vereist, genial verkürzt im letzten Vers als »Gefrierpunkt im Gebein«, die Null in den Knochen, »Zero at the Bone«.

EMMA LAZARUS

The New Colossus

Not like the brazen giant of Greek fame,
With conquering limbs astride from land to land;
Here at our sea-washed, sunset gates shall stand
A mighty woman with a torch, whose flame
Is the imprisoned lightning, and her name
Mother of Exiles. From her beacon-hand
Glows world-wide welcome; her mild eyes command
The air-bridged harbor that twin cities frame.
»Keep, ancient lands, your storied pomp!« cries she
With silent lips. »Give me your tired, your poor,
Your huddled masses yearning to breathe free,
The wretched refuse of your teeming shore.
Send these, the homeless, tempest-tost to me,
I lift my lamp beside the golden door!«

Der neue Koloss (übersetzt von Ruth Klüger)

Nicht wie der Griechen eherner Koloss
die Feinde mit der Waffe unterdrückt:
An unser meerumspültes Tor gerückt
steht eine mächt'ge Frau, die Mutter der Migranten,
den Blitz als Fackel in der starken Hand,
ein Leuchtturm, der zwei Städte überbrückt.
Sie ruft: »Behaltet den berühmten Tand
und euren Pomp an euren alten Küsten.
Schickt mir stattdessen eure Mittellosen,
die Heimatlosen, hoffnungslos Zerlumpten,
vom Sturm Gebeutelten, die Abgestumpften,
die Müden, die trotzdem nach Freiheit dürsten.
Den Abschaum schickt vom übervollen Strand.
Am Goldnen Tor erheb ich meine Hand.«

Flüchtlingspolitik

Diese Verse stehen am Sockel der Freiheitsstatue im Hafen von New York. Sie ist so groß – etwa 34 Meter bis zum Scheitel – wie die Statue des Sonnengottes Helios, die im Altertum den Hafen von Rhodos beherrschte und auf die sich die ersten beiden Zeilen des Gedichts beziehen. Ihr Bildhauer war Frédéric-Auguste Bartholdi, und sie kam als Geschenk Frankreichs nach Amerika, wo sie im Oktober 1886 eingeweiht wurde, nach komplizierten und teuren Vorbereitungen. Nachdem sie in Stücken nach New York verfrachtet worden war, musste sie erst wieder zusammengebaut und aufgestellt werden. Man sammelte Geld für ein Piedestal und beauftragte die junge Lyrikerin Emma Lazarus, ein Gedicht beizutragen, das bei der Werbung helfen könnte. Sie war eine begabte, wenn auch konventionelle Dichterin und war angeblich zuerst wenig angetan von dem Gedanken, eine Statue zu besingen. Sie konnte nicht wissen, dass ein paar Verse aus diesem einen Sonett sie unsterblich machen würden.

Das Gedicht beginnt mit dem Hinweis auf die antike Parallelfigur und hält dem kriegerisch triumphierenden Riesen eine einladende Gestalt entgegen, die leuchtturmartig zwei Städte, Brooklyn und New York, verbindet und alle Emigranten in der eleganten Sprache der Gebildeten willkommen heißt. In der zweiten Hälfte des Sonetts erfolgt ein Durchbruch: Da hatte die Dichterin den guten Einfall, die Statue selbst sprechen zu lassen. Die umständliche Symbolik des Anfangs macht einen Sprung in ein intensiv wahrgenommenes, realistisches Bild von Flüchtlingselend und Flüchtlingshoffnung. Diese Verse haben es in sich, mit ihrem hautnahen pessimistischen Vokabular, das von materiellem Elend und geistiger Verzweiflung ungeschminkt spricht und vor den stärksten Ausdrücken, wie »Abschaum … vom übervollen Strand« (»the wretched refuse of your teeming shore«) nicht zurückscheut. Die gehäufte Beschreibung von äußerster Verwahrlosung mischt sich mit dem Jubelton und der Zuversicht des Willkommens, die die Statue, von der Dichterin kühn umgetauft in »Mutter der Migranten«, ausstrahlt. Ihr ist niemand zu schmutzig, zu heruntergekommen.

Emma Lazarus stammte aus einer wohlhabenden, alteingesessenen jüdischen Familie in New York, war hochgebildet und belesen, konnte auch gut Deutsch und hat mehrere Gedichte von Heinrich Heine ins Englische übersetzt. Sie war in der Flüchtlingshilfe tätig und setzte sich besonders für die jüdischen Immigranten ein, die in den frühen 1880er Jahren aus osteuropäischen Ländern in Amerika einwanderten und durch die sie erfuhr, wie die Armen leben.

Heute kennen nur wenige den Namen der Dichterin, und der Anfang des Gedichts ist kaum einprägsam. Doch die sechs letzten Verse sind in Amerika zu Recht berühmt und werden oft zitiert, manchmal mit Begeisterung, dann wieder ironisch oder zumindest kritisch, denn sie sind ja keine private Glosse, sondern Inschrift auf einem öffentlichen Denkmal. Die Geschichte der Vereinigten Staaten hat, wie die anderer westlicher Länder, eine Welle von Fremdenfeindlichkeit nach der anderen zu verzeichnen, und gerade die im Gedicht angeführten Neuankömmlinge sind jene, die man am wenigsten hereinlassen möchte. Gleichzeitig hat Amerika eben auch eine Welle von Flüchtlingen nach der anderen aufgenommen, die in New York, und später oft innerhalb des Landes, Fuß fassen konnten. Das Gedicht drückt beides aus, die Not und die Rettung.

In Franz Kafkas erstem Roman *Amerika* (oder *Der Verschollene*) sieht der junge Einwanderer Karl Roßmann im New Yorker Hafen eine Statue, die statt einer Fackel ein Schwert hält. Fehler oder Absicht des Autors? Wohl das Letztere, aber gerade in diesem Kontrast wird deutlich, warum das Gedicht heutzutage womöglich noch aktueller ist als vor 130 Jahren. Es stellt in unserer, von Flüchtlingen überschwemmten Welt alle wohlhabenden Länder vor die Wahl: geballte Faust oder ausgestreckte Hand, Schwert oder Fackel?

STEPHEN CRANE

War is kind

Do not weep, maiden, for war is kind.
Because your lover threw wild hands toward the sky
And the affrighted steed ran on alone,
Do not weep.
War is kind.

Hoarse, booming drums of the regiment
Little souls who thirst for fight,
These men were born to drill and die
The unexplained glory flies above them
Great is the battle-god, great, and his kingdom—
A field where a thousand corpses lie.

Do not weep, babe, for war is kind.
Because your father tumbled in the yellow trenches,
Raged at his breast, gulped and died,
Do not weep.
War is kind.

Swift, blazing flag of the regiment
Eagle with crest of red and gold,
These men were born to drill and die
Point for them the virtue of slaughter
Make plain to them the excellence of killing
And a field where a thousand corpses lie.

Mother whose heart hung humble as a button
On the bright splendid shroud of your son,
Do not weep.
War is kind.

Der Krieg ist gütig (übersetzt von Ruth Klüger)

Weine nicht, Mädchen, denn der Krieg ist gütig.
Nur weil dein Geliebter fuchtelnd die Hände gen Himmel warf
Und das erschrockene Pferd allein weiterlief,
Weine nicht.
Der Krieg ist gütig.

Heisere, brausende Regimentstrommeln
Kampfdurstige kleine Seelen,
Geboren zum Exerzieren und Sterben
Der ungeklärte Ruhm fliegt über ihnen
Groß ist der Gott und sein Reich
Ein Feld, wo tausend Leichen liegen.

Weine nicht, Kindlein, denn der Krieg ist gütig.
Nur weil dein Vater in den gelben Graben fiel,
Sich an der Brust zerrte, würgte und starb,
Weine nicht.
Der Krieg ist gütig.

Rauschende Fahnen des Regiments
Adler mit roten und goldenen Federn,
Erklär' den Männern, geboren zum Exerzieren und
Sterben
Die Vorzüglichkeit des Schlachtens
Zeig ihnen die Tugend des Tötens
Und ein Feld, wo tausend Leichen liegen.

Mutter, deren Herz wie ein bescheidener Knopf
An deines Sohns prächtigem Grabtuch hing,
Weine nicht.
Der Krieg ist gütig.

Krieg aus zweierlei Sicht

Stephen Cranes allzu kurzes Leben (1871–1900) verlief in der Pause zwischen dem großen Blutvergießen des amerikanischen Bürgerkrieges und dem Ersten Weltkrieg, also in einer relativ friedlichen Zeit. Crane war selbst nie Soldat. Umso erstaunlicher, dass sein bekanntestes Werk, der kurze Roman *Das rote Tapferkeitszeichen* (*The Red Badge of Courage*, 1895), der längst zu den amerikanischen Klassikern zählt, von den widersprüchlichen Reaktionen eines jungen Rekruten handelt, der eine Schlacht erlebt und überlebt. Es ist ein psychologischer Kriegsroman; der Held schwankt zwischen Mut und Terror, zwischen Tapferkeit und Feigheit. Zweck und Rechtfertigung des Krieges werden nicht angesprochen, obwohl der Protagonist auf der Unions-Seite des Bürgerkrieges kämpft, in dem es ja um nichts Geringeres als die Abschaffung der Sklaverei ging. Es ist aber auch kein ausgesprochen pazifistisches Buch, obwohl man es als solches lesen kann.

Unser Gedicht hingegen kann meines Erachtens nicht anders gelesen werden. Es erschien 1899 in dem Band *War is Kind and Other Lines*. (Crane sprach von seinen Gedichten typisch als »Zeilen«, »lines«, wohl um ihre Verwandtschaft mit seiner naturalistischen Prosa zu betonen.) Zwei Strophenblöcke stehen einander gegenüber wie feindselige Armeen, die nicht miteinander verhandeln. Oder wie zwei Chöre, jeder mit seinem eigenen Rhythmus. Der eine Block besteht aus drei kurzen Strophen, mit einem wiederholten zweizeiligen Refrain am Ende, in dem ganz widersinnig die Freundlichkeit oder Güte (»kindness«) des Krieges als Trost für die Überlebenden beschworen wird, nachdem der Anfang den Tod eines Soldaten, beziehungsweise sein Begräbnis, realistisch beschrieben hat.

Der zweite Strophenblock besteht aus zwei längeren Strophen, auch sie mit einem zweizeiligen Refrain, der so aufgeteilt ist, dass in der Mitte lebende Soldaten und am Ende ihre Leichen dominieren (übrigens der einzige Reim im Gedicht!). Die drei kürzeren Strophen beschreiben die Agonie des gewaltsamen Sterbens und den seelischen Schmerz der Überlebenden. Die zwei längeren verherrlichen den Krieg anhand seiner Symbole, dem Drum und Dran des Drangs nach Sieg. Es sind leere Symbole: zuerst die akustischen, im Lärm der Trommeln, dann die visuellen, im Glanz der Fahnen. Diese beiden längeren »Kriegsgott-Strophen«, wie ich sie nennen möchte, strotzen von Verachtung für die Kämpfenden: Diese werden als »kampfdurstige kleine Seelen« abgetan, die von Geburt an zu nichts anderem taugten, als *vor* der Schlacht zu exerzieren und *während* des Kampfes auf dem Feld zu sterben. Fahnen und Trommeln dienen nur dazu, die Männer zu verwirren und sie anzuspornen. Sie sollen spüren, dass es gut ist, Feinde zu töten, und zwar recht viele, doch sie sollen nicht fragen, warum. Der Ruhm bleibt etwas unerklärlich (oder ungeklärt) Mysteriöses, das in der Luft über den Soldaten schwebt.

Auf der einen Seite die Menschen als todgeweihtes, anonymes Massenopfer, angeführt von abstrakten Symbolen, auf der anderen die Einzelnen, die liebten und geliebt wurden, die einmal Kinder waren und später selbst Kinder hatten. Der beschwichtigende Refrain der Kurzstrophen ist so ironisch, dass einem das Lächeln über den gütigen (oder »gnädigen«?) Krieg anfänglich vergeht und am Ende erstirbt. Den Überlebenden wird ein Trost gespendet, der nicht tröstet, der im Gegenteil entweder sarkastisch oder hilflos wirkt. Am anrührendsten sind wohl die letzten Verse, wo das Herz der Mutter als Knopf auf dem kostbaren Leichentuch des Sohnes hängt. – Das deutsche Wort »Knopf« drückt vielleicht die offizielle Wert- und Würdelosigkeit des mütterlichen Verlusts noch besser aus als das englische »button«.

Das Gedicht ist so beunruhigend, weil seine Zweideutigkeiten zum Hinterfragen und Mitdenken zwingen. Widersprüche drängen sich auf, aber da sie nicht als solche angesprochen werden, fordern sie ein »Wieso?« heraus. Der Dichter diktiert uns die Zusammenhänge nicht, er fordert uns heraus, sie selbst herzustellen oder zu dem Schluss zu kommen, dass das Gedicht genau diese Widersprüchlichkeit zum Thema hat.

Ein Vergleich mit Matthias Claudius' nicht-ironischem, umstandslos pazifistischem »Kriegslied« (»'s ist Krieg! 's ist Krieg!«), das mehr als hundert Jahre vor Cranes »War is kind« entstand, wäre erhellend.

LANGSTON HUGHES

I, Too

I, too, sing America.

I am the darker brother.
They send me to eat in the kitchen
When company comes,
But I laugh,
And eat well,
And grow strong.

Tomorrow,
I'll sit at the table
When company comes.
Nobody'll dare
Say to me,
»Eat in the kitchen,«
Then.

Besides,
They'll see how beautiful I am
And be ashamed—

I, too, am America.

Auch Ich (übersetzt von Ruth Klüger)

Auch ich besinge Amerika.

Ich bin der dunklere Bruder.
Man schickt mich zum Essen in die Küche
Wenn Gäste kommen,
Aber ich lache
Und esse mich satt
Und werde stark.

Morgen
Werde ich am Tisch sitzen
Wenn die Gäste kommen.
Niemand wird wagen
Mir zu befehlen:
»Iss in der Küche«,
Dann.

Außerdem
Wird man merken, wie schön ich bin
Und man wird sich schämen –

Auch ich bin Amerika.

»I have a dream«

Langston Hughes (1902–1967) war eine der bedeutendsten Persönlichkeiten und unermüdlichsten Autoren der sogenannten »Harlem Renaissance«, der schwarzen Kulturbewegung der zwanziger und frühen dreißiger Jahre, die auch die etwas spätere französische »Négritude«-Bewegung beeinflusste. Ein Hauptanliegen war die Stärkung des schwarzen Selbstbewusstseins, das von den Weißen programmatisch unterdrückt worden war.

Historisch bewusst und politisch engagiert, hat sich Hughes gern über »moonshine poetry« mokiert, romantische Verse, die sich von der sozialen Umwelt fernhalten und nichts zu sagen haben über Ungerechtigkeit und besonders über Rassenvorurteile. Fern von den elitären Sprachexperimenten berühmter Zeitgenossen, die einem breiteren Publikum sowieso nicht zugänglich waren, eröffnen Hughes' scheinbar simple Gedichte, mit ihrer Anlehnung an Jazzrhythmen, an den Film und vor allem an die mündliche afroamerikanische Dialekttradition, selbst neues Terrain. Das Gedicht »I, Too« wurde in der Bürgerrechtsbewegung oft zitiert und ist heute ein vielgelesenes Gedicht im amerikanischen Schulunterricht.

Die ersten und letzten Verse können als eine Verneigung vor Walt Whitmans weltumfassenden poetischen Umarmungen gelesen werden. »Ich feiere mich« (»I celebrate myself«), ruft Whitmans poetische Persona, aber nur, weil mein Ich alle anderen mit einschließt. Hughes schließt sich an: Auch ich gehöre dazu. Zwischen der Klammer der trotzig-patriotischen Verse der ersten und letzten Zeile des Gedichts öffnet sich das Bild eines amerikanischen Haushalts der besitzenden Klassen, wo man sich Dienstboten leisten kann. Die bescheidene Szene handelt einfach von der Notwendigkeit der täglichen Nahrungsaufnahme und ist deshalb so eindringlich, weil es nicht darum geht, *was* oder *wie viel* man zu essen bekommt, sondern *wo* man isst, im Speisezimmer oder in der Küche.

Da herrscht zunächst die Verachtung der Herrenmenschen für ihre Diener, die sich aber nicht erniedrigen lassen, sondern durch ihren Willen, ihr Selbstbewusstsein und ihr Lachen nur stärker werden »in der Küche«, in die sie verbannt sind. Die nächste Strophe führt in eine Zukunft der Gleichberechtigten, wo die ehemaligen Untergebenen nicht etwa selbst Zwangsherrschaft ausüben, sondern Gäste und Gastgeber sein werden, also keine Umkehrung der Rollen, sondern ein Zusammensitzen und zusammen Essen, nicht ein einander Bekämpfen, sondern ein gegenseitiges Einverständnis. Der so kompakt ausgedrückten Hoffnung auf ein besseres »tomorrow« steht am Ende der Strophe ein nicht wegzuwischendes, kleinlautes, wenn auch optimistisches »Dann« entgegen, Hinweis auf ein noch nicht erreichtes Ziel. Der Kontrast zwischen Zurücksetzung und Triumph liegt im stillen, sprunghaft einfachen und gerade dadurch eindrücklichen Übergang von der einen Strophe zur anderen. Im Beisammensein erkennen die früheren Meister schließlich die Kraft, ergänzt durch die vorher nicht wahrgenommene Schönheit, der Schwarzen, und schämen sich ihrer einstigen Blindheit.

Man denkt unwillkürlich an Martin Luther Kings berühmtes Wort von 1963: »Ich habe den Traum, dass eines Tages die Söhne früherer Sklaven und die Söhne ihrer früheren Herren zusammensitzen werden am Tische der Brüderlichkeit.«* Das Gedicht »I, Too« erschien 1932 in Hughes' nicht zufällig *The Dream Keeper* (*Der Hüter der Träume*) betitelten Gedichtsammlung. Martin Luther King mag es gekannt haben.

* »I have a dream that one day [on the red hills of Georgia] the sons of former slaves and the sons of former slave owners will be able to sit down together at the table of brotherhood.«

Seither hat sich in Amerika vieles gebessert, doch am gleichen Tisch sitzen Weiße und Schwarze noch immer nur manchmal. So berührt »Auch Ich« nach wie vor einen wunden Punkt. Dokumentierte Berichte über Gewalttätigkeit weißer Polizisten gegen farbige Minderheiten häufen sich, und die Feindseligkeit gegenüber Schwarzen in reaktionären Bevölkerungsschichten hat vielleicht sogar noch zugenommen durch die einst umjubelte Wahl eines afroamerikanischen Präsidenten. Ein Zyklus von Hughes handelt von »aufgeschobenen« (»deferred«) Träumen, die wie Rosinen in der Sonne aufschwellen und explodieren. Seine Gedichte, mit ihren Enttäuschungen und Hoffnungen, sind so zeitgemäß wie je.

ANNE SEXTON

The Abortion

Somebody who should have been born is gone.

Just as the earth puckered its mouth,
each bud puffing out from its knot,
I changed my shoes, and then drove south.

Up past the Blue Mountains, where
Pennsylvania humps on endlessly,
wearing, like a crayoned cat, its green hair,

its roads sunken in like a gray washboard,
where, in truth, the ground cracks evilly,
a dark socket from which the coal has poured,

Somebody who should have been born is gone.

the grass as bristly and stout as chives,
and me wondering when the ground would break,
and me wondering how anything fragile survives;

up in Pennsylvania, I met a little man,
not Rumpelstiltskin, at all, at all ...
he took the fullness that love began.

Returning north, even the sky grew thin
like a high window looking nowhere.
The road was as flat as a sheet of tin.

Somebody who should have been born is gone.

Yes, woman, such logic will lead
to loss without death. Or say what you mean,
you coward … this baby that I bleed.

Die Abtreibung (übersetzt von Ruth Klüger)

Jemand, der leben sollte, ist weg.

Just als die Erde den Mund spitzte für die Blüten,
wie sie sich einzeln aus ihren Knollen plustern,
hab ich die Schuhe gewechselt und fuhr nach Süden,

wo Pennsylvanias Blauer Berg mit grünem Haar
einen endlosen Katzenbuckel macht,
der wie mit Buntstift ausgemalt war.

Die Straßen gesunken, wie ein graues Waschbrett hohl,
wo wahrhaftig die Erde bösartig kracht,
eine dunkle Augenhöhle, aus der Kohle quoll.

Jemand, der leben sollte, ist weg.

Das Gras wie Lauch borstig und steif,
und ich frag mich, wann die Erde aufbrechen wird,
und ich frag mich, ob irgendwas Zartes hier reift.

In Pennsylvania traf ich einen kleinen Mann,
er war nicht Rumpelstilzchen, bei weitem nicht …
er nahm die Fülle, die mit der Liebe begann.

Auf dem Rückweg war sogar der Himmel flach
wie ein hohes Fenster, das keine Aussicht hat
und die Straße ausgewalzt wie Blech.

Jemand, der leben sollte, ist weg.

Ja, diese Logik, meine Gute,
führt zu Verlust ohne Tod. Oder sag doch, was du
meinst,
du Feigling: Dieses Baby, das ich ausblute …

Landschaft mit schwangerer Frau

Zu einer Zeit, als Schwangerschaftsabbruch noch verboten war, schnürt eine Frau ihre Reiseschuhe, setzt sich in ihr Auto und beginnt eine lange Fahrt durch den Staat Pennsylvania. Dort wird sie von einem kleinen Mann erwartet, den sie, wenn auch nur in der Verneinung, Rumpelstilzchen nennt. Anders als der Zwerg in Grimms Märchen, der um ein noch nicht geborenes Königskind Verhandlungen führte und das Kind, nach der Entbindung, der unwilligen Mutter entreißen will, entfernt dieses moderne Rumpelstilzchen ein Ungeborenes aus dem Körper der willigen Sprecherin. Trotzdem stilisiert sie ihn zu einem Miniaturmonster und bezeichnet das, was sie aufgibt, als »die Fülle, die mit der Liebe begann«. Dieser Zwiespalt durchtränkt das Gedicht mit einer fassungslosen Trauer.

Die Vorfrühlingslandschaft, durch die sie fährt, ist widerspenstig, sogar düster und spiegelt somit die Empfindungen der Frau im Auto. Der Frühling wird nicht eintreffen, trotz der Blüten in der ersten Strophe und dem Grün der Berge, die wie Kinderzeichnungen anmuten (»ich frag mich, ob irgendwas Zartes hier reift«). Statt Leben zu fördern, kracht die Erde »bösartig«, »eine dunkle Augenhöhle, aus der Kohle quoll«. Das Gedicht ist präzise, denn tatsächlich ist Pennsylvania ein Schwerpunkt der amerikanischen Kohlenindustrie.

Die Erde als Mutter, lebensspendend, fruchtbar und ihre Kinder behütend, ist eine uralte Metapher in der Lyrik. So heißt es in einem bekannten Epigramm Friedrich von Logaus aus dem 17. Jahrhundert über den Monat Mai: »Dieser Monat ist ein Kuß, den der Himmel gibt der Erde, / daß sie jetzund seine Braut, künftig eine Mutter werde.« Manchmal kann diese Braut, in Umkehrung ihrer gottgewollten mütterlichen Funktion, auch hexenhaft, stiefmütterlich und bedrohlich werden, ein Schlund. Ganz originell ist es jedoch, die Natur mit gewollter, geplanter Unfruchtbarkeit, also mit Abtreibung, in Beziehung zu setzen. Auf dem Rückweg, nach dem vollzogenen Eingriff, vermittelt diese Landschaft, die so genau, wenn auch unfreundlich, beschrieben wurde, nur noch Aussichtslosigkeit, Straßen wie Blech, Fenster ohne Blick. Und schließlich geht in der letzten Strophe ein Riss durch diese, doch nur metaphorischen, Überlegungen. Sie werden als Alibi entlarvt. Die Abgrenzung vom eigenen Entschluss hält nicht stand, und eine herablassende, verächtliche innere Stimme rüttelt die Fahrerin im Auto auf: Das war der Tod, nicht einfach ein »Verlust«. Gesteh es dir ein, sei nicht feig. Nenn es beim Namen. Du blutest, und dein Blut ist ein Baby.

Anne Sexton wurde in den fünfziger und sechziger Jahren als eines der hervorragenden Talente der sogenannten »Confessionalism«-Schule berühmt: Dichter, die ihre Erfahrungen unmittelbar und ohne die Scheidewand eines »lyrischen Ichs« in Verse umsetzten und sich von keinem Tabu abschrecken ließen. Persönliche Geständnisse und Erlebnisse, die sonst als unanständig oder schockierend, sogar als abstoßend galten, wurden, oft mit psychoanalytischen Deutungsversuchen, zu Poesie. Zweifelsohne hat diese Gruppe, zu der auch Sylvia Plath gehörte (mit der Sexton befreundet war), unser lyrisches Wahrnehmungsvermögen erweitert. Es war ein Durchbruch, besonders für die Darstellung des weiblichen Intimlebens.

Abtreibung ist bekanntlich seit Jahrhunderten praktiziert worden und war immer weit verbreitet, und zwar in allen Klassen und Gesellschaftskreisen. Umso erstaunlicher ist, dass die Literatur sich weitgehend darüber ausgeschwiegen und die Lyrik praktisch nichts dazu zu sagen hat. Schon als Bereicherung von poetisch erfassten gespaltenen Entschlüssen und erlebten Zweideutigkeiten ist das vorliegende Gedicht von Anne Sexton einzigartig.

ADRIENNE RICH

What Kind Of Times Are These

There's a place between two stands of trees where the
grass grows uphill
and the old revolutionary road breaks off into shadows
near a meeting-house abandoned by the persecuted
who disappeared into those shadows.

I've walked there picking mushrooms at the edge of
dread, but don't be fooled,
this isn't a Russian poem, this is not somewhere else but
here,
our country moving closer to its own truth and dread,
its own ways of making people disappear.

I won't tell you where the place is, the dark mesh of the
woods
meeting the unmarked strip of light—
ghost-ridden crossroads, leafmold paradise:
I know already who wants to buy it, sell it, make it
disappear.

And I won't tell you where it is, so why do I tell you
anything? Because you still listen, because in times like
these
to have you listen at all, it's necessary
to talk about trees.

Was sind das für Zeiten (übersetzt von Ruth Klüger)

Da ist ein Ort mit zwei Reihen Bäume, wo das Gras
hügelauf wächst,
und der alte Kriegspfad im Schatten verläuft,
beim Haus, wo die Verfolgten sich einst versammelten,
um dann in diesen Schatten zu verschwinden.

Ich hab' dort Schwämme gesammelt am Rand der
Gefahr.
Doch keine Angst: dies ist kein russisches Gedicht, wir
sind zu Hause,
in unserem Land, mit unserer eigenen Wahrheit und
eigenen Gefahr,
näher daran, dass auch bei uns Menschen
verschwinden.

Ich verrate euch nicht, wo der Ort ist, das dunkle
Waldeck,
wo es auf einen unmarkierten Lichtstreifen trifft –
gespenstischer Kreuzweg, verwestes Laubparadies:
ich kenn' sogar einen, der's kaufen, verkaufen will, damit
es verschwinde.

Und will ich euch nicht sagen, wo es ist, warum red' ich
dann überhaupt?
Weil ihr immer noch zuhört, weil in Zeiten wie diesen
es nottut, damit ihr weiterhin zuhört,
über Bäume zu sprechen.

Ein Gespräch über Bäume

Adrienne Rich (1929–2012) zählte zu den einflussreichsten Dichterinnen und Schriftstellerinnen der feministischen Bewegung, war eine unerschrockene Gegnerin des Vietnamkrieges und Befürworterin anderer progressiver Bewegungen. Ihr umfangreiches Werk enthält aber auch viele Naturgedichte, die, im konventionellen Sinn, einfach schön sind. Unser Gedicht handelt von dem scheinbaren Gegensatz zwischen Politik und Poesie und sucht ihn aufzuheben.

Das Persönliche ist das Politische, heißt es in einem alten feministischen Slogan der Linken. Unser Gedicht weitet diese Einsicht aus, sodass es »Das Poetische ist das Politische« einschließt. Das Persönliche ist in der hausbackenen, ganz privaten Beschäftigung »Schwämme sammeln« gegeben; das Politische erinnert daran, dass die bewohnte Natur nicht nur harmlose Gewächse, wie essbare Schwämme, sondern auch Mementos an entführte, »verschwundene« Menschen birgt. In jeder der drei ersten Strophen ist das Wort »verschwinden« maßgebend und mahnt an Gewaltmaßnahmen gegen Wehrlose. Das Gedicht will hartnäckig vor Untaten warnen und gleichzeitig die Befriedigung nicht ausgrenzen, die den Betrachter der Bäume oder die Schwämmesammlerin belebt.

Auf zwei Vorgänger weist die Autorin hin. Der erste und ausführlicher zitierte ist Bert Brecht, der mit seinem berühmten Gedicht »An die Nachgeborenen« sowohl im Titel wie in den letzten Versen von Richs Gedicht präsent ist. Bekanntlich geht es Brecht um die Frage, ob ein Gespräch über Bäume – also über Ästhetik und Schönheit – vereinbar sei mit einer politischen Gegenwart, die Engagement gegen die Ungerechtigkeit fordert. Adrienne Richs anderer Zeuge ist Ossip Mandelstam, den die Autorin in der zweiten, etwas obskuren Strophe in einer englischen Übersetzung von Brown & Merwin fast wörtlich zitiert. In Mandelstams Gedicht ist eine dunkle Nacht, die der Sprecher im Freien verbringt, mit der Drohung verwoben, die von einem autoritären Staat ausgeht (dem Mandelstam ja zum Opfer fiel).

Die letzte Strophe schlägt vor, dass man über Bäume, also ein poetisches und privates Thema, reden soll, reden muss, damit man über Politik so reden kann, dass man Zuhörer findet. Das Waldeck, wo die Schwämme wachsen, erinnert an politische Verbrechen, aber das sprechende Ich ist nur wegen des Schwämmesammelns an dieser Stätte gewesen. Eine private Annehmlichkeit trifft auf eine Gewissensfrage, nämlich die Verfolgung von Opfern – in Amerika, in Deutschland, in Russland –, die ein Anliegen der Öffentlichkeit ist. Das Gedicht vereint die beiden, macht sie voneinander abhängig und schlägt einen internationalen Bogen durch die Einbeziehung der beiden fremdsprachigen Dichter. Es befreit uns aus Brechts Zwickmühle, indem es vorschlägt, dass ein waches Gewissen und ein Sinn für die Natur vereinbar sind, dass das eine der Weg zum anderen sein kann.

Adrienne Rich hat einmal geschrieben: »Es war immer so, dass Dichtung unsere Isolation durchbrechen kann, uns zeigen kann, wer wir sind, auch wenn man uns ausgegrenzt und unsichtbar gemacht hat. Sie kann uns an Schönheit erinnern, wo Schönheit unmöglich schien, und an Gemeinschaft, wenn alles nur auf Vereinzelung hinweist.«

JANE HIRSHFIELD

On the fifth day

On the fifth day
the scientists who studied the rivers
were forbidden to speak
or to study the rivers.

The scientists who studied the air
were told not to speak of the air,
and the ones who worked for the farmers
were silenced,
and the ones who worked for the bees.

Someone from deep in the Badlands,
began posting facts.

The facts were told not to speak
and were taken away.
The facts, surprised to be taken, were silent.

Now it was only the rivers
that spoke of rivers,
and only the wind that spoke of bees,

while the unpausing factual buds of the fruit trees
continued to move toward their fruit.

The silence spoke loudly of silence,
and the rivers kept speaking,
of rivers, of boulders and air.

Bound to gravity, earless and tongueless
the untested rivers kept speaking.

Bus drivers, shelf stockers,
code writers, machinists, accountants,
lab techs, cellists kept speaking.

They spoke, the fifth day,
of silence.

Am fünften Tag (übersetzt von Ruth Klüger)

Am fünften Tag
verbot man den Wissenschaftlern
die die Flüsse studierten
über Flüsse zu sprechen
oder zu forschen.

Die Wissenschaftler, die die Luft erforschten
durften nicht mehr über die Luft sprechen,
und die, welche den Landwirten halfen
wurden mundtot gemacht,
ebenso die, die für die Bienen da waren.

Jemand tief aus den Badlands, der Verwitterungs-
landschaft,
verbreitete Tatsachen.

Den Tatsachen verbot man zu sprechen
und verbannte sie.
Die Tatsachen waren überrascht und schwiegen.

Jetzt waren es nur noch die Flüsse
die über Flüsse sprachen,
und nur noch der Wind, der über Bienen sprach,

während die pausenlosen tatsächlichen Blüten der
Fruchtbäume
sich weiterhin in Richung Frucht bewegten.

Die Stille sprach laut über Stille,
und die Flüsse sprachen weiterhin
über Flüsse, Felsen und Luft.

An die Schwere gebunden, ohne Ohren und Zungen
sprachen die nicht mehr erforschten Flüsse auch
 weiterhin.

Autobusfahrer, Angestellte,
Programmierer, Mechaniker, Buchhalter,
Techniker, Cellisten hörten nicht auf zu sprechen.

Sie alle sprachen, am fünften Tag,
über die Stille.

»Science not Silence«

In der *New York Times* vom 23. April 2017 kann man nachlesen, wie die Verfasserin des vorliegenden Gedichts, eine angesehene Essayistin und Autorin von acht Gedichtbänden, sich anheischig machte, beim »March of Science« in Washington – einem Teil des weltweiten Protests gegen die Missachtung und Einschränkung wissenschaftlicher Forschung – auch der Dichtung einen Platz einzuräumen. Verantwortliche Teilnahme schien das Gebot der Stunde. Eigens für den öffentlichen Vortrag im Freien schrieb sie das Gedicht »Am fünften Tag« und rief Gleichgesinnte auf, es ihr gleichzutun – mit Erfolg. Gedichte zur Sache wurden beim Aufmarsch deklamiert und gehört.

Hirshfields Einsatz ist schon deshalb bemerkenswert, weil die Dichterin sich selbst als Introvertin und apolitisch bezeichnet und bekannt ist für ihre Naturgedichte und ihr Einfühlungsvermögen in die Nuancen der Gefühlswelt. Kein Geringerer als der Literaturnobelpreisträger Czesław Miłosz lobte ihre Lyrik für das Licht, das sie auf die buddhistische Tugend der Innerlichkeit (»mindfulness«) werfen. Doch die Gefahr, dass die amerikanische Regierung Maßnahmen im Schilde führt, die den wissenschaftlichen Fortschritt hemmen würden, hat eben nicht nur Akademiker und Computerfreaks auf die Beine gebracht, sondern auch die Humanisten und mit ihnen die Poeten.

»Am fünften Tag« ist eine perfekte Verschmelzung von Naturliebe und politischer Aufklärung in einer Kundgebung, wo der Schlachtruf »Science not Silence« zum Kampfwort wurde und auf dem öffentlichen Kampfplatz des Protestmarsches auch häufig zu hören war. Die Warnung ist klar: Wenn die Wissenschaft und mit ihr die Tatsachen schweigen müssen, dann sind wir alle ärmer, und die Gottesschöpfung des fünften Tages verstummt. Denn der Titel des Gedichts bezieht sich natürlich auf das erste Kapitel des ersten Buchs des Alten Testaments: Am fünften Tag schuf Gott alles, was im Wasser lebt und in der Luft fliegt, also auch die fliegenden Insekten, die uns sympathisch sind, wie die im Gedicht erwähnten Bienen. Die Landtiere und die beiden (sic!) Menschen kamen erst am nächsten Tag und im nächsten Vers.

So traurig der erste Teil des Gedichts anmutet, so regt sich im zweiten Teil der Widerstand gegen die Unterdrückung. Niedergeschlagenheit verwandelt sich, wird zurückgenommen, und das Gedicht zeigt uns, dass die Sprache, im weitesten Sinn, gar nicht ausgeschaltet werden kann. Die Natur siegt, die Flüsse fließen und rauschen weiter, der Wind weht, die Blüten sind unaufhaltsam auf dem Weg, Früchte zu werden. Tatsachen bleiben Tatsachen über alles Schweigen hinaus. Und dann, plötzlich, sind auch die Menschen da, Menschen aus allen Schichten und den verschiedensten Berufen, die sich zum Protest versammelt haben, die sich nicht mundtot machen lassen und durch ihr Sprechen die Stille widerlegen. Sie alle verdammen direkt und indirekt das von den Machthabern beabsichtigte Schweigen, das über die Forschung verhängt werden soll.

Und damit behauptet sich eben auch die Naturdichterin und rechtfertigt die Einmischung ihrer Kunst in die Politik. Die Stille, sagt die Buddhistin, hat ihre eigene Sprache. Unsere Aufgabe ist zweierlei: Sprecht und hört zu!

TEXTNACHWEISE

ADELBERT VON CHAMISSO, 1781 auf Schloss Boncourt bei Ante geboren, gestorben 1838 in Berlin.
Das Schloß Boncourt, in: Adelbert von Chamisso, Gedichte. Ausgabe letzter Hand. Edition Holzinger, Berliner Ausgabe 2013.

FRIEDRICH HEBBEL, 1813 in Wesselburen/Holstein geboren, gestorben 1863 in Wien.
Das Kind am Brunnen, in: Friedrich Hebbel, Gedichte. Eine Auswahl. Mit einem Nachwort von U. Henry Gerlach. Reclam Verlag, Stuttgart 1993.

GOTTFRIED KELLER, 1819 in Zürich geboren, gestorben 1890 ebenda.
Tagelied, in: Gottfried Keller, Gedichte in einem Band. Insel Verlag, Frankfurt am Main und Leipzig 1998.

RAINER MARIA RILKE, 1875 in Prag geboren, gestorben 1926 in Val-Mont bei Montreux.
Rühmt euch, ihr Richtenden, in: Rainer Maria Rilke, Die Sonette an Orpheus. Geschrieben als ein Grab-Mal für Wera Ouckama Knoop. Insel Verlag, Frankfurt am Main und Leipzig 1999.

FRANZ WERFEL, 1890 in Prag geboren, gestorben 1945 in Beverly Hills/Kalifornien.
Elternlied, in: Franz Werfel, Gesammelte Werke in Einzelbänden. Gedichte aus den Jahren 1908–1945. Herausgegeben von Knut Beck. S. Fischer Verlag, Frankfurt am Main 1992.

HERMANN HESSE, 1877 in Calw/Württemberg geboren, gestorben 1962 in Montagnola/Tessin.
Ich weiß von solchen …, in: Hermann Hesse, Sämtliche Werke in 20 Bänden. Herausgegeben von Volker Michels. Band 10: Die Gedichte.

KURT TUCHOLSKY, 1890 in Berlin geboren, gestorben 1935 in Hindås bei Göteborg.
Media In Vita, in: Kurt Tucholsky, Gedichte. Herausgegeben von Mary Gerold-Tucholsky. Rowohlt Verlag, Reinbek 2003.

GEORG KREISLER, 1922 in Wien geboren, gestorben 2011 in Salzburg.
Die Hexe, in: Georg Kreisler, Leise flehen meine Tauben. Gesungenes und Ungesungenes. Herausgegeben von Hans-Juergen Fink und Michael Seufert. Fischer Taschenbuch Verlag, Frankfurt am Main 2005. © Barbara Kreisler.

ILSE AICHINGER, 1921 in Wien geboren, gestorben 2016 ebenda.
Zeitlicher Rat, in: Ilse Aichinger, Verschenkter Rat. Gedichte. © S. Fischer Verlag GmbH, Frankfurt am Main 1978.

DURS GRÜNBEIN, 1962 in Dresden geboren, lebt in Berlin.
Die Wachtel, in: Durs Grünbein, Strophen für übermorgen. Gedichte. © Suhrkamp Verlag, Frankfurt am Main 2007. Alle Rechte bei und vorbehalten durch den Suhrkamp Verlag Berlin.

HANS MAGNUS ENZENSBERGER, 1929 in Kaufbeuren geboren, lebt in München.
Schwere Koffer, in: Hans Magnus Enzensberger, Rebus. Gedichte. © Suhrkamp Verlag, Frankfurt am Main 2009. Alle Rechte bei und vorbehalten durch den Suhrkamp Verlag Berlin.

HEINRICH DETERING, 1959 in Neumünster geboren, lebt in Göttingen.
Becher, in: Heinrich Detering, Wrist. Gedichte. © Wallstein Verlag, Göttingen 2009.

ELIZABETH BARRETT BROWNING, 1806 in Durham geboren, gestorben 1861 in Florenz.
Sonnets from the Portuguese, VI., in: The Works of Elizabeth Barrett Browning. Volume 2. Poems. Edited by Sandra Donaldson, Marjorie Stone and Beverly Taylor. Pickering & Chatto, London 2010.
Sonette aus dem Portugiesischen, VI., in: Elizabeth Barrett Browning,

Sonette aus dem Portugiesischen. Übertragen durch Rainer Maria Rilke. Insel Verlag, Leipzig 1919.

WALT WHITMAN, 1819 in West Hills/New York geboren, gestorben 1892 in Camden/New Jersey.
City of Orgies, in: Leaves of Grass. Comprehensive Reader's Edition. Edited by Harold W. Blodgett and Sculley Bradley. New York University Press, New York 1965.
© der deutschen Übersetzung: Ruth Klüger.

EMILY DICKINSON, 1830 in Amherst/Massachusetts geboren, gestorben 1886 ebenda.
Ohne Titel [A narrow fellow ...]/[Ein schmaler Bursche ...], in: Emily Dickinson, Dichtungen. Englisch – Deutsch. Ausgewählt, übertragen und mit einem Nachwort versehen von Werner von Koppenfels. 3., wesentlich erweiterte Auflage. Mainz 2005. Deutsche Übersetzung © Dieterich'sche Verlagsbuchhandlung.

EMMA LAZARUS, 1849 in New York City geboren, gestorben 1887 ebenda.
The New Colossus, in: Emma Lazarus, Selected Poems. Library of America, New York 2005.
© der deutschen Übersetzung: Ruth Klüger.

STEPHEN CRANE, 1871 in Newark/New Jersey geboren, gestorben 1900 in Badenweiler.
War is kind, in: Stephen Crane, Poems and Literary Remains. Edited by Fredson Bowers. The University Press of Virginia, Charlottesville 1975.
© der deutschen Übersetzung: Ruth Klüger.

LANGSTON HUGHES, 1902 in Joplin/Missouri geboren, gestorben 1967 in New York City.
I, Too, in: The Collected Poems of Langston Hughes, published by Knopf and Vintage Books. © 1994 by the Estate of Langston Hughes.
© der deutschen Übersetzung: Ruth Klüger.

ANNE SEXTON, 1928 in Newton/Massachusetts geboren, gestorben 1974 in Weston/Massachusetts.
The Abortion, in: Anne Sexton, All my Pretty Ones. Houghton Mifflin Company, Boston 1962. Reprinted by permission of SLL/Sterling Lord Literistic, Inc. © by Linda Gray Sexton.
Für die deutschsprachigen Rechte: © S. Fischer Verlag GmbH, Frankfurt am Main 2017.
Übersetzung: Ruth Klüger.

ADRIENNE RICH, 1929 in Baltimore/Maryland geboren, gestorben 2012 in Santa Cruz/Kalifornien.
What Kind Of Times Are These, in: Adrienne Rich, Collected Poems: 1950–2012. W. W. Norton & Company, New York 2016. Copyright © 2016 by The Adrienne Rich Literary Trust. Copyright © 1995 by Adrienne Rich. Used by permission of W. W. Norton & Company, Inc.
© der deutschen Übersetzung: Ruth Klüger.

JANE HIRSHFIELD, 1953 in New York City geboren, lebt in Kalifornien.
On the fifth day by Jane Hirshfield first appeared in *The Washington Post*; © Jane Hirshfield, used by permission, all rights reserved.
© der deutschen Übersetzung: Ruth Klüger.

Die Gedichtinterpretationen von Ruth Klüger erschienen sämtlich zuerst in der *Frankfurter Anthologie* der *Frankfurter Allgemeinen Zeitung* in den Jahren 2006 bis 2017.

INHALT

Deutschsprachige Gedichte

Englischsprachige Gedichte mit Übersetzungen

Ruth Klüger
unterwegs verloren
Erinnerungen
240 Seiten. Zsolnay 2008

Der Bestseller *weiter leben*, Ruth Klügers autobiographisches Überlebensbuch, war ein beklemmendes Augenzeugnis der Konzentrationslager von Theresienstadt, Auschwitz-Birkenau, Christianstadt. Doch was kam nach dem Krieg? Aus dem dreizehnjährigen Mädchen, dem die Gaskammer nur durch einen glücklichen Zufall erspart geblieben war, wurde eine angesehene Literaturwissenschaftlerin, eine selbstbewusste Feministin und eine international ausgezeichnete Schriftstellerin. Der American Way of Life in der zweiten Hälfte des 20. Jahrhunderts, die komplexe Beziehung zu ihren zwei Söhnen, die unglückliche Ehe und die als Befreiung empfundene Scheidung sind Themen dieser Autobiographie. Hier erzählt eine Frau, die sich ihre Muttersprache ebenso zurückerobert wie ihre Geburtsstadt Wien, die sich mit den Verlusten, die das Altern bringt, auseinandersetzt und sich den Schatten und Visionen der Vergangenheit, aber auch denen der Gegenwart stellt.

»Da schreibt eine genuine, eine originelle Schriftstellerin und eine energische, buchstäblich tatkräftige und verbal schlagfertige Feministin. Beides erfrischt den Leser ungemein.« Ulrich Weinzierl, *Die Welt*

»Das Buch ist ein unverzichtbares Dokument zur Zeit- und Wissenschaftsgeschichte. Und es enthält wunderbare glasklare, harte und heitere Momente von scharf beobachteter Menschlichkeit.«
Angelika Overath, *Neue Zürcher Zeitung*

Gertrude Pressburger

Gelebt, erlebt, überlebt

Aufgezeichnet von Marlene Groihofer

208 Seiten. Zsolnay 2018

Gertrude Pressburger war zehn, als Hitler in Österreich einmarschierte. Obwohl die jüdische Familie katholisch getauft worden war, musste sie fliehen. Fast sechs Jahre dauerte die Flucht, die 1944 in Auschwitz endete. Gertrude überlebte den Holocaust – ihre Eltern und die zwei jüngeren Brüder wurden von den Nationalsozialisten umgebracht. Jahrzehntelang hat Gertrude Pressburger geschwiegen. Dass ein maßgeblicher Politiker in Österreich 2016 von einem drohenden Bürgerkrieg spricht, hat sie bestürzt. Per Videobotschaft warnte sie vor einer Rhetorik der Extreme. Dass ihre wahrhaftigen Worte Gehör finden, hat sie bestärkt, mit einer jungen Journalistin ihre Autobiographie zu schreiben: »Ich bin nicht zurückgekommen, um dasselbe noch einmal zu erleben.«

»Ein wichtiges Buch, erzählt mit einer hinreisenden Mischung aus Zartheit und Entschiedenheit. Ich wünsche der tapferen ›Frau Gertrude‹ viele Leser, vor allem auch junge!« Eva Menasse

»Die Verfolgung durch das NS-Regime wird nicht als kalte Geschichte erzählt, sondern als Teil der Gegenwart, die uns alle angeht.«

Oliver Rathkolb